中公文庫

手習重兵衛

道連れの文《ふみ》

鈴木英治

中央公論新社

目次

手習重兵衛

道連れの文《ふみ》

第一章

一

気をつけてね。

悲しそうにつぶやいた言葉が、今も耳に残っている。

お美代《みよ》の頬《ほお》には、一筋の涙の跡が刻まれていた。

馬鹿だなあ、泣かなくてもいいのに。すぐに帰ってくるんだから。重兵衛《じゅうべえ》は明るい口調でいったが、熱いものがこみあげてくるのを抑えられなかった。ぎゅっと、あの小さな体を抱き締めたかった。いや、抱き締めるべきだった。どうしてそうしてやらなかったのだろう。

「寂しそうでしたね」

背後からやわらかな声がした。重兵衛は静かに提灯《ちょうちん》の向きを変え、振り返った。草と樹木がゆらりと浮かびあがる。澄んだ鳶色《とびいろ》の瞳が、重兵衛の目に飛びこんできた。灯《あか》りを弾いて、きらきらと輝いている。

「お美代のことかい」

おそのがそっとかぶりを振る。

「みんなです」

ああ、と重兵衛はうなずいた。おそののいう通りだ。あれは闇《やみ》が重く覆いかぶさっていた七つすぎのことだが、重兵衛とおそのの見送りには、お美代だけでなく、吉五郎《きちごろう》や松之介《まつのすけ》など手習子全員が来てくれたのだ。重兵衛が手習師匠をつとめる白金堂《しろがねどう》には五十人近い手習子がいるが、早起きをものともせずに顔をそろえてくれたのである。

手習子たちが手にする提灯が夜にいくつもの穴をうがつなか、誰もが目を潤ませ、涙をこぼし、唇をわななかせていた。まるで重兵衛とおそのに、もう二度と会えないような表情をしていた。

これが今生の別れではないのだから。重兵衛は一人一人の顔をのぞきこみ、頭をなでてやさしく言葉をかけていった。しかし、重兵衛自身、涙があふれそうになり、何度も言葉が詰まりかけた。

実際のところ、旅に出て帰らぬ人は多い。こたびの別れが本当に最後となるおそれが決してないわけではなかった。だからこそ、旅に出る者と見送る者は水盃をかわすのである。

手習子たちだけでなく、野良仕事に出る前に、わざわざ足を運んでくれた親も多かった。涙を流して、重兵衛とおそのの旅の無事を祈ってくれた。こらえきれず、重兵衛もむせぶように泣いてしまった。おそのも重兵衛の隣で肩を震わせていた。

もちろん、おそのの父親で村名主をつとめる田左衛門《たざえもん》をはじめとして、おそのの家人や名主屋敷の奉公人たちも全員、顔を見せた。

田左衛門は重兵衛の手をぎゅっと握り締め、娘をよろしく頼みます、と深々と頭を下げた。目に涙がにじんでいた。

声が震えそうになるのを体に力を入れてこらえ、おまかせください、と重兵衛ははっきりと告げた。

親しい友垣である鳴瀬左馬助《なるせさまのすけ》も、妻の奈緒《なお》と一緒に来てくれた。おぬしがくたばるようなことは万が一にもあるまいが、これを持ってゆけ、と守り袋を手渡してくれた。奈緒の手づくりとのことだ。

ありがたく頂戴する、といって重兵衛は大事に懐《ふところ》にしまい入れた。おぬしのことだから道中、またいろいろあるかもしれぬが、必ず無事な姿で江戸に戻ってこいよ。俺が望むのはそれだけだ、と笑みを浮かべていって左馬助は肩を叩いてきた。守り袋がきっとおぬしたちを守ってくれよう。

広いとはいえない白金堂の前の土手道は、村祭りのようににぎわった。水盃を掲げ合ったときだけは、歴史を積み重ねた神社の境内《けいだい》にいるような静寂さと厳かさが支配した。

その後、およそ百人の盛大な見送りを受けて、重兵衛とおそのは信州《しんしゅう》諏訪《すわ》への第一歩を踏みだしたのである。

「重兵衛さんは、みんなにとても慕われていますね」

笑顔のおそのにいわれて、そうかな、と歩を運びつつ重兵衛は首をひねった。

「そうだったら、とてもうれしいな。しかし、俺だけではない。おそのちゃんも、みんなにとても好かれている」

おそのが目を細め、柔和にほほえむ。

「重兵衛さんのおっしゃる通りなら、本当にうれしく思います」

「俺は嘘《うそ》はつかぬ」

不意に、おそのの顔が少し暗いものになった。どうした、と重兵衛はたずねた。

「いえ、河上《かわかみ》さまたちがお見えにならなかったものですから」

重兵衛も、惣三郎《そうざぶろう》と善吉《ぜんきち》も来てくれるのではないか、と心のどこかで期待していた。

「二人は住みかが遠いからな。来られなくとも仕方あるまい」

重兵衛は自らにいいきかせるようにいった。河上惣三郎は北町奉行所の定廻《じょうまわ》り同心である。善吉は忠実な中間だ。

「それに仕事が仕事だ。昨夜も遅くまで飛びまわっていたか、あるいは捕物があったのかもしれぬ」

おそのが深く首を動かす。

「さようでしょうね。きっとお二人とも、私たちの旅の無事を、八丁堀《はっちょうぼり》のほうから祈ってくれているにちがいありません」

それは重兵衛も同感だ。惣三郎も善吉も、重兵衛たちのことを常に念頭に置いていてくれる。

「それにしても楽しみです」

おそのがこの旅のことをいっているのはわかったから、重兵衛は軽く顎《あご》を上下させただけで、黙って耳を傾けた。

「私、早く諏訪に着きたくて仕方ありません。重兵衛さんの故郷《ふるさと》をこの目で見たいし、お母さまにも早くお会いしたい」

「そういってもらえると、俺もとてもうれしい」

「お気に召していただけるでしょうか」

おそのが真剣な眼差《まなざ》しを向けてくる。

重兵衛は快活に笑った。わずかに明るさが忍びこんだ闇に、笑い声が静かに吸いこまれてゆく。

「母上のことなら大丈夫だ。おそのちゃんのことはきっと気に入る。二人は気が合うはずだよ。俺が太鼓判を押す」

重兵衛はゆえあって諏訪を出奔し、江戸のはずれの白金村に居を定めることになったが、つい最近、村名主の娘であるおそのと正式に婚姻が決まったばかりである。今回は、諏訪にいる母のお牧《まき》に、妻となるおそのを引き合わせるための旅だ。

当初は、夜明けまで一刻のゆとりのある七つ立ちの予定だった。だが、あまりに皆が別れを惜しむために、だいぶ遅い出立になった。重兵衛とおそのが白金村を発《た》ったのは、七つ半を優にすぎていた。

お美代たちはどうしているだろうか。重兵衛の脳裏をそんな思いがよぎった。よっこらしょと振り分け荷物を担ぎ直す。

今日から半月にわたって手習所は休みである。手習所に行くのは大好きだが、学問はどうも苦手という手習子は少なくない。今頃、どの手習子も、やったぁとばかりに心を浮き立たせているのではあるまいか。今は家に帰り、ぐっすりと寝直している者がほとんどにちがいない。

手習子たちの寝顔が、なんとなく脳裏に浮かんできた。手習の最中は相撲《すもう》を取ったり、墨のなすり合いをしたり、紙にいたずら書きをしてみたり、とみんな元気で忙しく、居眠りを目にするようなことは滅多にないが、今日ばかりは安らかな寝顔をすんなりと思い描くことができた。

重兵衛は顔を動かし、白金村の方角を見やった。皆の見送りを受けてほんの四半刻《しはんとき》ほどしかたっていないが、すでに村は半里ばかりうしろに遠ざかっている。家の一軒すら視野には入ってこない。

もっとも、闇の壁の厚みは深更の頃とあまり変わっていないはずだ。半里の距離がなかったとしても、なにも目に映らないのは当然だろう。

重兵衛は、菅笠《すげがさ》をかぶっているおそのの顔にさりげなく視線を移した。息を弾ませ、上気しているが、疲労の色はまったく見えない。これなら、まだ休みを取らずとも大丈夫かもしれない。

「疲れてはおらぬか」

それでも一応、おそのに確かめた。

「はい、へっちゃらです」

張りのある元気な声が返ってきた。重兵衛はあらためておそのを注意深く見た。やはり疲れは感じられない。にこにこと笑っている。重兵衛と二人で旅ができることが、うれしくてならないという風情だ。

むろん重兵衛も同じ気持ちでいる。心が弾んでしようがない。

その気持ちを抑えこむように、重兵衛はことさらゆっくりと歩いている。なにしろ、おそのは、これが江戸を出る初めての旅なのである。

足弱と書いて『おんな』と読ませるくらいだ。おそのはもともと元気で、飼い犬のうさ吉《きち》とよく村内を散策しており、足腰はそれなりに鍛えられているのだろうが、やはり旅に出るのとはまるっきりちがう。これまで以上に気づかってやらないと、きっとどこかで無理が出てしまうだろう。

おそのには決して無理をさせたくない。無事に帰ってきた姿を、父親の田左衛門に必ず見せなければならない。

おそのは、着物の両袖を細い紐《ひも》でたくしあげている。闇に浮かぶ白い二の腕がなまめかしいが、それ以上にその姿がとてもけなげで、いじらしく見えるのは、なぜなのか。

おそのは、足袋《たび》に草鞋《わらじ》を履いている。足袋は冬の季語になっていることもあり、今のこの蒸す時季には相当きついと思うが、素足でいるより、まめをつくる度合がずっと低くなる。足袋をしっかりと履くのは、旅の心得の一つである。

前を向いて無心に歩き続けるうちに、東の空からは黒が徐々にはぎ取られ、濃い群青色の幕が幾重にも重なりはじめた。

星の瞬きも薄れだし、光る星は数を確実に減らしてきた。しかし、東の空はまだ白むには至っていない。夜明けまで、あと四半刻はあるだろう。

重兵衛たちは、まずは甲州《こうしゅう》街道を目指している。甲州街道のはじまる場所は東海道《とうかいどう》や中山道《なかせんどう》と同じく日本橋《にほんばし》だが、白金村から日本橋に出るのではかなりの遠まわりになる。だから、白金村の戌亥《いぬい》の方角にある渋谷《しぶや》村の南側を通り、さらに上北沢《かみきたざわ》村を抜ける北沢道と呼ばれる道を歩く予定でいる。

まだ渋谷村にも達していないが、この道は前に諏訪に帰ったとき、一度通っている。諏訪から白金村に戻ってきたときも利用した。暗いから景色はまったく見通せないが、なんとなく懐かしさを覚える。

空が青みを増し、やがて遠くの低い山並みを越えて朝日が射しこんできた。まぶしいほどの光を浴びて、まわりの景色が鮮やかな色彩を帯びる。

日の光はすっきりと湯浴《ゆあ》みをしたかのようにつややかで、まばゆさが目に痛いくらいだ。

だが、林や田畑、草花などのひときわ濃い緑がやさしさをもたらして、気持ちをほぐしてくれる。

道は渋谷村に入った。馬糞《ばふん》臭さが濃くなっている。田畑に散り、這《は》いつくばっている人影がいくつも眺められる。

百姓衆の仕事熱心さには、本当に頭が下がる。おそらく、夜明け前から起きだし、働きはじめていたはずだ。ああいう人たちが江戸や周辺に大勢いてくれるからこそ、自分たちは毎日、安楽に食事ができるのである。

考えてみれば、白金村の村人には仕事嫌いの者は一人もいない。きつくないはずがないのに、いつも笑顔で野良仕事に精だしている。近所に住む算造《さんぞう》などは、笑ってやれば、草刈りだってなんだってたいして疲れないのさ、とこともなげにいう。つまりは、なにをやるにしても心の持ちよう一つということなのだろう。

「おなかは空かないかい」

重兵衛はおそのにたずねた。おそのがにっこりする。

「そのお言葉を待っていました」

「気づかずにすまなかったね。どこかで朝飯にしよう」

握り飯の入った竹皮包みは、腰に布で包んで巻いている。これはおそのがつくってきたものだ。

太陽はさして高い位置にいるわけではないが、梅雨《つゆ》どきということもあって大気はぬくめられ、蒸し暑さが増してきている。じわりと背中に汗が浮きはじめた。陽射しをじかに浴びて、首筋も濡《ぬ》れだしている。

重兵衛は手ぬぐいを使った。額や頬の汗もふいた。それで少しは気分がすっきりした。これまでほとんど吹いていなかった風も、わずかながらも出てきている。

おそのも手ぬぐいを顔に当てている。気持ちよさそうだ。

すでに六つ半をまわっただろう。朝飯にするのには、いい刻限だ。

重兵衛とおそのは陽射しを避けて、道沿いの木陰に入りこんだ。欅《けやき》の大木で、一杯に広げられた枝は青々と盛大に茂っている。涼しい風がゆったりと吹き渡っていた。

草の上に座りこんだ重兵衛は、いそいそと竹皮包みをひらいた。やや小ぶりで海苔《のり》が巻かれた握り飯が六つ、並んでいる。丸いのと三角のがそれぞれ三つずつだ。

重兵衛はごくりと唾《つば》が出た。丸いのが梅干しで三角が塩鮭《しおざけ》とのことだ。

「これで二人分だね」

「足りますか。私は二つもらえば、十分なんですけど」

重兵衛はくすりと笑みをこぼした。

「四つも食べれば、腹一杯さ」

梅干しは紫蘇《しそ》がきいてほどよく酸っぱく、鮭は身が大ぶりで塩に甘みが感じられた。重兵衛たちはあっという間に平らげた。

「ああ、うまかった」

重兵衛は腹をなでさすった。

よかった、とおそのが安堵《あんど》の顔を見せる。

「おいしいのができたか、とても心配だったんです」

「これまで味わったことがないくらい、うまかった」

おそのがにこりとする。

「重兵衛さん、意外にお上手なんですね」

「お世辞なんかじゃないぞ。本当にうまかったんだ」

力んでいう重兵衛を、ほほえましそうにおそのが見ている。

「はい、ありがとうございます」

重兵衛はなんとなくだが、おそのに母親のような感情を抱いた。ほんわかと包みこまれているようなあたたかさだ。男は結局、女にはまったくかなわないのではないか。そんな考えが頭をよぎる。だが、それは決して悪い思いではなかった。

最後に重兵衛は竹筒を傾けた。おそのも自分のを飲んでいる。水は生ぬるくなっていたが、渇いた喉《のど》にはこの上なくありがたく、生き返るような心持ちだ。まさに甘露という感じである。

四半刻ほど木陰にいて、腹がこなれるのを待った。行こうか、と重兵衛は声をかけ、おそのが、はい、と答える。二人はほぼ同時に立ちあがった。

北沢道は北沢村を貫く、滝坂道《たきさかみち》とも呼ばれる狭い街道で、人が二人、肩を並べれば道幅は一杯になってしまう。この道を戌亥の方向に進むと、甲州街道に合する。

重兵衛とおそのは北沢村を通り抜け、やがて甲州街道に出た。さすがに道幅は北沢道の四倍は軽くあるだろう。しかし、街道を行く人の数はあまりたいしたことはない。旅人はちらほらと散見される程度で、ほとんどを占めるのは百姓衆や行商人たちである。

あとは荷を積んだ駄馬が目立つ。馬が遠慮なくひりだす糞《くそ》が至るところに落ちている。それを見て、おそのが気後れするようなことはない。白金村も似たようなもので、慣れている。

五街道と一概にいうが、東海道や中山道を旅する者とこの街道を利用する者とでは、数がくらべものにならない。前にも覚えたことだが、裏街道という感じが強くする。

「少ないですね」

おそのがきょとんとしたようにいう。

「俺も、最初はもっとにぎわっていると思っていた。しかし、おそのちゃん、こんなもので驚いてはいけない。これが先に進むと、さらに寂しくなる」

「えっ、そうなのですか」

「ああ。甲府《こうふ》までの道のりで大きな宿場というと、府中《ふちゅう》、八王子《はちおうじ》くらいしかないゆえ。もともとこの道は、千代田城《ちよだじょう》の搦手《からめて》にじかにつながるようにつくられた、軍勢のための街道なんだ」

東海道や中山道をくだってくる敵勢に千代田城が囲まれた際、将軍が甲府に落ち延びるための街道であると、重兵衛はきいたことがある。そのほかにも、いざというときに甲府や八王子から軍勢が駆けつけるための道でもあると耳にしている。

「おそのちゃん、この街道を参勤交代で使っている大名がいくつか、知っているかい」

おそのが考えこむ。

「重兵衛さんの口ぶりからして、そんなに多くはないんでしょうね」

重兵衛は小さく顎を引いた。

「重兵衛さんの故郷の諏訪で、この街道は中山道と一緒になるんでしたね」

「そうだ。正確にいえば、下諏訪宿で合している」

「重兵衛さんの高島《たかしま》諏訪さまはまちがいないでしょうけど、あとはあまりよくはわかりません。信州のお大名であるのはまちがいないと思いますけど」

その通りだ、と重兵衛はいった。

「たった三つにすぎぬ。おそのちゃんのいうように、いずれも信州の大名だ」

諏訪家のほかに高遠《たかとお》の内藤《ないとう》家、飯田堀《いいだほり》家である。内藤家は三万三千石で、堀家は以前は二万石だったが、十代親審《ちかしげ》の際、老中の水野忠邦《みずのただくに》に引きあげられて二万七千石に加増されたものの、忠邦の失脚とともに一万石を減封されて、今は一万七千石になっている。

「大名といっても、いずれも小さいだろう」

はい、とおそのが遠慮がちにうなずく。

「この三家は、中山道を使おうと思えば使える位置に領地は持っているんだ。だが、どうしてか、こちらの寂しい街道を使っている。この小さな三家が甲州街道を使っているというのには、理由があるんだ」

「どんな理由ですか」

おそのが高くなりはじめた太陽に負けないように、瞳をきらきらさせてきく。

「中山道は東海道とならぶ主要な街道だ。途中に大河がなく、川留めという厄介なこともないから、多くの大名が参勤交代に用いる。しかも参勤交代の時期というのは重なることが多い」

重兵衛は一つ息を入れて、おそのを見た。おそのは黙ってきく姿勢を取っている。

「そうなると、むずかしいのが宿を取ることだ。小さな大名は、もし大大名とかち合えば、宿は譲らなければならぬ」

「この街道なら、その心配はいらないということですね」

そういうことだ、と重兵衛はいった。

「寂しい街道でも、それなりに利点はあるということだな。高遠の内藤家は、甲州街道の一番目の宿場の内藤新宿に中屋敷がある。これが内藤新宿の呼び名の元ともいわれているな。ほかにも、内藤宿というものが最初からそこにあり、それが呼び名につながったという説もあるそうだが、俺にはよくわからぬ」

おそのが白い歯を見せる。

「手習師匠の重兵衛さんでも、わからないことがあるのですか」

重兵衛は軽く首筋をかいた。

「多すぎて困っている。いつもお美代たちにそのことで責められているな」

おそのが切なそうな顔になる。

「どうした」

「いいえ、重兵衛さんがいなくなって、あの子たち、寂しいだろうな、と思って」

「そうかもしれぬが、すぐに慣れるさ。それに、会えぬといってもほんの半月のことだ。すぐに元気な顔を見られる」

街道に人が増えてきた。もう高井戸《たかいど》宿の入口といってよいところだ。

ほんの半町ばかり先に茶店が見えている。団子の幟《のぼり》が風にゆらゆらとはためいていた。

茶を喫している先客が、黒い影となって見えている。二、三人いるようだ。

「小腹が空かないかい」

おそのがにっこりする。

「重兵衛さんは、お団子が召しあがりたくてならないんですね」

「幼い頃から好物でな。腹が一杯でも、食べたくなる」

「私も大福などは、どんなにおなかが一杯でも、すんなりと入ります」

「俺も大福は好きだなあ」

「大福もあればいいですね」

まったくだ、と重兵衛は答えた。

二人は足取りも軽く茶店に近づいていった。

重兵衛は先客に一礼してから、あいている長床几《ながしょうぎ》に腰かけようとした。

「あっ」

知らず声が出た。横で、おそのも目をみはっている。

「なんだ、その顔は。風呂だと思って入ったら、まるっきり水だったみてえな顔だぞ」

「旦那、それはちがいますよ。お茶だと思って飲んだら、まるっきり水だったてぇ、顔ですよ」

惣三郎が首を動かし、かたわらの善吉をじろりとにらむ。

「いってえなにがちがうんだ」

「茶と風呂ですからね、湖と池くらいのちがいはありますよ」

惣三郎が鬢《びん》をかりかりと指先でかいた。

「とにかくおめえのなかでは、ちがうんだな。この馬鹿にきくだけ無駄だった。俺はいつまでたっても学ばねえ」

善吉がぽんぽんと惣三郎の肩を叩く。

「旦那が学ばないのは昔からで、本性といってよいものですから、あまり気にしないほうがいいですよ」

「ああ、もうおめえになにをいわれようと、俺は気にしねえことにした」

「それがいいですよ」

「あの――」

重兵衛がいうと、惣三郎が顔を向けてきた。にやりと笑う。

「どうして俺たちがここにいるか、というのをききてえ面《つら》だな」

「もちろんです。どうしてですか」

善吉が顔を突きだしてきた。

「仕事を怠けたい一心で、旦那はここまでやってきたんですよ」

「おめえは引っこんでろ」

惣三郎が善吉の顔を手で押し戻す。ぎょっとして手のひらに目を落とす。

「あーあ、まったくこの汗っかきの馬鹿が。手がべたべたになっちまった」

おそのがきれいな手ぬぐいを取りだす前に、惣三郎が善吉の着物に手のひらを押しつけた。

「旦那、なにするんですかい」

「おめえの汗だから、おめえに責任を持ってもらうだけじゃねえか」

茶店の娘が注文を取りに来ている。重兵衛は団子と茶を頼んだ。どうやら大福はないようだ。

「ここの団子はうめえぞ。この馬鹿は、あっという間に五人前も平らげやがった」

「だって、旦那のせいで早起きさせられて、朝飯、食べていませんからね」

「この馬鹿。俺が握り飯、やったのを忘れたのか。女房がつくってくれたんだぞ」

「忘れちゃいませんよ。しかし、あんな小さいのが三つじゃないですか。四十二の旦那とちがって、あっしはまだまだめざましく育ちつつありやすからね、腹が減るのも当たり前なんですよ」

「俺は三十五だっていっているのに、この馬鹿、いつまでたっても覚えようとしねえ。まったく腹が立つぜ」

吐き捨てるようにいって、惣三郎が茶を喫する。

「それにしても重兵衛、おめえたち、仲がいいな。歩きながらおそのちゃんも遠慮なく大口をあけて笑ってたじゃねえか」

「そんな」

おそのが恥ずかしそうにうつむく。

「おっと、そいつは冗談だ。だが、二人して笑い合っていたのはまちがいねえな。気心がとことん知れてるってふうに見えたぜ」

惣三郎が笑みを浮かべたまま続ける。

「俺たちがここにいるのは、重兵衛とおそのちゃんをびっくりさせてやろうと思ってのことだ」

「あっしは白金村に行こうっていったんですけど、旦那はほかの人と同じじゃあおもしろくないって」

「おめえたちのことだから、どうせ見送りの連中がたんと来たにちげえねえんだ。左馬助も、あのきれいな嫁さんと一緒に来たんだろう。それじゃあ、俺たちがほかの者に埋もれちまって、目立たねえじゃねえか。俺はそんなつまらねえことは、しねえたちなんだ」

「いえ、河上さんはどんなときでも十分、目立つと思いますが」

惣三郎が重兵衛をじろじろ見た。

「重兵衛、おめえ、目が潤んでるな。泣いてるんじゃねえのか」

「はい、こうして河上さんと善吉さんの顔を見られて、うれしくて。正直、この不意打ちはききました」

「不意打ちだなんて、まったく大袈裟《おおげさ》なやつだな」

惣三郎が重兵衛の肩を叩いてきた。

「だが、相変わらずとても素直なやつでもあるな。重兵衛、これが、今生の別れになるわけでもなし、なにも泣くことはねえんだ」

重兵衛がお美代たちに告げた言葉だ。

「しかし旦那、旅ってのはいったいなにがあるかわからないですからね。本当に今生の別れってことになっちまうかもしれないですよ。そういう勘が働いたからこそ、旦那はわざわざこんな遠いところまで足を運んだんじゃないんですかい」

ごつ、と鈍い音が響き、天空に吸いこまれていった。長床几からずり落ちた善吉が頭を抱えてしゃがみこんでいる。

「この馬鹿、縁起でもねえことをいうんじゃねえ」

「なにも殴《なぐ》らなくたって」

善吉がよろよろと立ちあがる。どすんと長床几に尻を落とした。

「おめえはたまに殴《なぐ》らねえと、まるでわからねえやつだってのが、ようやく最近わかってきたんだ」

「最近ですかい」

「そうだ。なにか文句あるのか」

「ずいぶん前から、あっしは旦那に殴られ続けてますよ」

「これまでは拳《こぶし》に魂が入っていなかった。これからはぎゅっと魂を押しこんでから、おめえを殴ることに決めたんだ。そうすれば、ちっとはそのいいたい放題の口も、しまりが出てくるんじゃねえのか」

善吉が、魂を入れた拳ですかい、とつぶやく。そんな殺生な、という顔をしている。

惣三郎が善吉から視線を離し、再び重兵衛に目を向けてきた。

「重兵衛、元気に行ってこい。俺もついていってやりてえが、さすがに二度は無理だ。今度はまちがいなくくびになっちまう」

前に重兵衛がすべての片をつけるために故郷に戻ったとき、心配した惣三郎と善吉はくびを覚悟でわざわざ諏訪までやってきたのだ。屋敷を訪ねてきた二人の顔を目の当たりにしたときは、感動した。胸が熱くなり、涙があふれそうになったものだ。

「あのときは手前、命を狙われていましたから、河上さんたちにもご心配をおかけしましたが、こたびはそのような気がかりはありませんので、どうか、ご安心ください」

惣三郎がいぶかしげに首をひねる。

「果たしてそうかな。おめえは吹きすさぶ嵐を呼んじまうような男だからな。道中、せいぜい、気をつけるこった」

「旦那、そんなことをいって、本当になったらどうするんですかい」

「心配するな、善吉」

惣三郎が善吉の頭をやさしくなでた。飼い犬をいとおしむような仕草だ。

「俺がいおうといわずとも、興津重兵衛という男には、きっとなにかあるに決まってるんだ。こいつは、そういうふうに運命づけされているんだ」

「どんな嵐に見舞われるんですかい」

「そいつはわからねえ」

「一緒に行きたいですねえ」

「ああ、行きてえ。重兵衛たちと旅ができたらどんなに楽しいか」

惣三郎がふと目を閉じた。つー、と一筋の涙が頰を伝う。

「旦那、泣いているんですかい」

惣三郎がまぶたをゆっくりと持ちあげる。

「しばらく重兵衛の顔を見られねえんだなあって思ったら、胸が急に熱くなって、自然と出てきちまった」

惣三郎が拳で涙をぬぐう。重兵衛は惣三郎の手を取った。

「河上さん、かたじけなく存じます」

「重兵衛、必ず無事に帰ってくるんだぞ。おめえのいねえ江戸ってのは、なんかつまらねえ。俺は寂しくて寂しくて仕方がねえ」

「はい、必ず帰ってきます」

朝、お美代たちの見送りを受けたこともあるのか、ずいぶんと涙もろくなっているようで、重兵衛の目からもあふれ出てきた。ちょうど団子と茶がもたらされ、重兵衛は惣三郎に勧められるままに口に運んでみたが、胸が詰まり、味はよくわからなくなってしまっていた。

二

おそのが菅笠を傾けて振り返る。これが何度目になるのか。

しかし、重兵衛はまたもつられた。足をとめて手庇《てびさし》をかざし、遠く離れた茶店を見つめた。二人との距離は、すでに五町以上になっている。

「もう見えぬな」

つい先ほどまで手を振る二人が眺められたが、今は視野のどこにも姿は見えない。寂しさが胸にじんわりとしみだしてきた。惣三郎のいう通り、一緒に諏訪まで行けたらどんなに楽しいだろう。

だが、惣三郎は仮に行けるにしても遠慮したにちがいない。重兵衛に、おそのと二人きりの旅を満喫させたいと考えているに決まっている。

「よい人たちですね」

おそのが名残惜しそうにいう。

「あそこでお別れするのが、本当につらかった……」

重兵衛も同感だ。諏訪に行かずにすむのなら、そのほうがありがたいような気持ちに駆られた。

だが、そんなわけにはいかない。すでに母のお牧に文をだしている。文はまだ届いていないだろうが、いずれ手にするお牧に、待ちぼうけを食らわすわけにはいかない。

道の両側は高井戸宿の町並みが迫ってきている。旅籠《はたご》が目立つが、刻限がまだ混み合う頃合ではないこともあるのか、人の出入りはほとんどなかった。もともとここも、大勢の旅人の利用する宿場ではなく、どことなく寂れた感じの旅籠が多いような気がした。

不意に陽射しが射しこみ、まばゆさに重兵衛は包まれた。おそのも目をしばたたいている。家並みが途切れ、高井戸宿は背後にすぎ去ったのである。

高井戸宿は、上高井戸と下高井戸の二宿が合わさって成り立っている。宿場の仕事や雑役などは月の半ばまでは下高井戸宿が持ち、それ以降は上高井戸宿の担当になっている。下高井戸が江戸寄りで、上高井戸は甲府寄りである。これは、上高井戸がより京に近いことからきている。

重兵衛たちは、炎天といってよいなかをさらに歩き続けた。陽炎《かげろう》が揺れ、逃げ水が遠くに見えている。おそのの菅笠もずいぶんと熱を持っているようだ。重兵衛は月代《さかやき》にじかに陽射しを受けて、冷たい水をかぶりたいと切に願った。しかし、今は自分のことより、おそののほうである。

「大丈夫かい」

重兵衛はおそのを何度も気づかった。

「平気です」

おそのはこの言葉を繰り返すだけだ。重兵衛に迷惑をかけまいとがんばっている。いじらしいが、もっと甘えてもらってかまわなかった。

重兵衛は無理をすることなく、大木が大きく枝を広げた涼しげな木陰を見つけたら、すぐさまそこで休むようにした。そのたびにおそのは、ほっとした様子を見せた。

重兵衛自身、竹筒を傾けると、水がしみ渡ってゆくのが感じられた。体が喜んでいるのがはっきりと伝わってきた。

今日の泊まりは府中に決めている。白金村から府中まで七里あるかどうかくらいだ。まだあと三里以上、残っている。

いつしかおそのが足を引きずっているのに、重兵衛は気づいた。

「どうした」

「いえ、なんでもありません」

「なんでもないことはなかろう」

重兵衛は手近の木陰におそのを座らせた。

「左足を引きずっていたな。まめができたのか。見せてくれ」

はい、と恥ずかしそうにいっておそのがまず菅笠を取った。ふう、と大きく息をつく。白い顔に玉の汗が浮いている。鬢にも汗が貼りついていた。風がほとんどなく、動きをとめたことで重兵衛の体にも一気に汗が噴きだしてきた。

「汗をふいてもいいですか」

おそのにきかれ、もちろんだ、と重兵衛は答えた。ほっとした顔で、おそのが顔や鬢を手ぬぐいでぬぐう。それから足袋を脱いだ。

足の白さが目を撃つ。重兵衛は胸がどきどきした。息をのみかける。

しかし、今は不埒《ふらち》なことを考えている場合ではなかった。心を落ち着け、重兵衛はおそのの足をそっと裏返した。

大豆ほどの大きさのまめが親指の付け根と薬指の腹にできている。皮はかたくなり、水がたまっていた。

──けっこうひどいな。重兵衛は顔をしかめかけたが、代わりににこりとした。

「痛かっただろう」

「……はい」

「よく我慢したな。だが、そんなにたいしたことはない。このくらいのまめ、誰もがつくるものだ。足袋を履いていたから、この程度で済んだのだろう」

「すみません」

「なにを謝る。まめは、旅をする者は必ずつくるものだよ」

おそのが目をあげる。

「重兵衛さんもですか」

「もちろんだ。旅といえば参勤交代で江戸に出たのが初めてだったが、ひどいまめをつくった。そのときは、まめをつくるなんぞ侍にあるまじき、とまで思ったものだ。鍛え方が足らぬのだと。こんなひ弱な足ではいざというとき、殿のお役に立てぬではないか。あのときはまだ若かった。殿への忠義だけが頭にあった」

重兵衛は頬を指先でかき、苦笑を漏《も》らした。弾みで汗がたらりと落ちる。

「だが、考えてみれば、まめをつくるのに侍も町人も百姓も関係ない。そのときは先輩からいい薬をもらって、ずいぶんと楽になったものだ。今は慣れて、まめをつくることは滅多にない」

重兵衛は懐から印籠《いんろう》を取りだし、蓋《ふた》つきの小さな焼物の容器を手にした。おそのが興味深げに見ている。

「それは」

「これは清外温《しょうげおん》というんだ。傷によく効く。信州はなにしろ薬草の宝庫だから、いくらでもよい薬がある。初めての参勤交代の際、先輩がくれた薬がこれだ」

重兵衛は蓋をあけた。なかには、やや緑色が混ざった白い膏薬《こうやく》がみっしりと詰まっている。

「それは、どんな薬草でつくられているんですか」

重兵衛は首をかしげた。

「そいつは俺も知らぬ。清外温は諏訪の高島城下で売られている妙薬なんだが、どういう薬草が用いられているのか、秘中の秘とされているようだ」

重兵衛はにっこりと笑った。

「だからといって、決して怪しげなものではない。高島城下ではすばらしく売れているときく。さっきもいったが、効き目は最上のものといってよい。よし、塗ってあげよう」

指先にたっぷりとつけ、おそののまめにていねいにすりこんだ。おそのが安堵の顔になる。

「ああ、気持ちがいい」

そうだろう、と重兵衛はいった。

「この薬はしみないんだ。むしろひんやりとして、俺など、初めて塗ったときはうっとりとしてしまったくらいだ」

重兵衛は、二つめのまめに薬を塗りはじめた。

「本当にその通りです」

おそのはやすらかな笑みを浮かべ、目を閉じている。その表情がなぜか神々しく見え、重兵衛は胸を打たれた。膏薬を塗る手がさらに懇《ねんご》ろなものになる。

「まさに妙薬という感じですね」

重兵衛は印籠から、短冊ほどの小さな布を二枚、取りだした。それにも清外温を塗りこみ、あまりきつくならないようにまめに巻いた。布を二つ巻き終えると、おそのの小さな足をなでるようにぽんと叩く。

「よし、足袋を履いていいよ」

おそのがいわれた通りにする。

「どうかな。歩けそうかい」

おそのが立とうとする。重兵衛はすぐさま手を貸した。

「はい、大丈夫です」

おそのは軽く足踏みをした。

「全然痛くありません。さっきまでとは大ちがいです」

「それはよかった。だがおそのちゃん、今度まめをつくったら、すぐにいうんだよ。こういうのは早めに手当したほうがいいからね」

重兵衛は釘を刺した。

わかりました、とおそのがすまなそうにいう。

「次からは気をつけます」

「うん、いい返事だ。うちの手習子にも負けていないな」

喉が渇いていないか、おそのに確かめてから重兵衛は木陰を出た。菅笠をかぶったおそのがうしろに続く。

あっという間に、むっとする暑さに包みこまれた。

甲州街道は、日本橋から甲府までほぼ真西に向かっている。重兵衛たちもすでにだいぶ海から離れたせいか、蒸し暑さが増してきている。

風がしおれたようになくなっている。体に熱が籠《こ》もった感じになっていた。

あたりにばらまかれたようになっている馬糞のにおいがずっときついものに変わってきている。近くを行く駄馬たちも元気がなく、うつむいてとぼとぼと歩いている。ふんどし姿の馬子たちも、馬に合わせてゆっくりと土を踏み締めていた。

「それにしても暑いな」

いっても詮《せん》ないことだとわかっていても、つい口を出てしまう。

「はい、本当に」

おそのの足の運びにおかしなところはない。清外温が効いているのだろう。

「足は痛くないかい」

「はい、痛くありません。これは、無理をしていっているのではありませんよ」

わかっている、と重兵衛は明るくいってうなずいた。

二人は歩き続けた。道は布田《ふだ》宿に入った。

布田は、国領《こくりょう》、下布田、上布田、下石原《しもいしわら》、上石原という五つの宿場が合わさったもので、半里と十町にも及ぶ長さにわたって延々と宿場が続く。だが、旅籠は九軒しかなく、本陣も脇本陣もない。やはり甲州街道らしい寂しい宿駅だ。

上高井戸と下高井戸は宿場の仕事や雑役を月の半分ずつ担当していたが、布田宿は六日ずつということになっている。

昼をわずかにすぎたこともあり、重兵衛たちはこの宿場で昼餉《ひるげ》をとった。

深大寺《じんだいじ》が近くということもあり、名物の蕎麦《そば》切りも捨てがたかったが、深大寺へ行くのには甲州街道から十町ほど離れなければならず、蕎麦切りのためにおそのの足に負担を強いることはできない。あるじによれば、味は深大寺蕎麦に負けないらしい蕎麦屋の暖簾《のれん》を、重兵衛は分けたのである。

しかしながら、おいしいとはいいがたかった。太めに切られた蕎麦切り自体は甘みがあってまずまずだったが、蕎麦つゆがいいとはいえない。鰹節《かつおぶし》を惜しんでいるのか、醤油《しょうゆ》の味がやたらに濃く感じられた。蕎麦湯も出たが、だしがきいていないせいで、さしてうまくなかった。

代を払って、重兵衛たちは蕎麦屋を出た。

「すみません」

菅笠を手にして、いきなりおそのが謝る。

「どうした」

重兵衛は驚いてきいた。

「今のお蕎麦、あまりおいしくありませんでしたよね」

おそのが小声でいった。

その言葉で、重兵衛はどうしておそのが謝ったか、気づいた。

「自分がまめをつくったせいで、深大寺に蕎麦切りを食べに行けなかったのを、すまなく思っているのか。おそのちゃん、そんなことは考えずともいい。いちいちそのくらいのことで謝っていたら、夫婦などやっていけないだろう。もっと図々しくなってかまわぬ」

「でも」

「おそのちゃん、本当に気にするな」

重兵衛はおそのの耳に口を寄せた。汗のなかに、ほんのりと甘い香りが漂う。重兵衛は思い切り息を吸いそうになって、かろうじてとどまった。

「確かに深大寺の蕎麦切りはうまいという評判だ。だが、蕎麦切りでは信州も負けておらぬ。期待してもらってよい」

おそのが両手を合わせる。

「まことですか。それは楽しみです」

弾けそうな笑顔だ。その表情を見て、重兵衛の気持ちもなごんだ。

「しかし、今の蕎麦屋のご主人、やはりあれではいけないと思います」

おそのが強い口調でいった。

「だって、深大寺のお蕎麦に負けていないといったんですから。名物にうまいものなしとかいいますけれど、深大寺のお蕎麦は本当においしいとおとっつあんが以前、いっていました。ですので、あのご主人は嘘をついたんです」

「うむ、俺たちを一見《いちげん》さんと見て、なめたのだろうな」

「そんなこと、商売をしている人はしてはいけないと思います。正直こそが、商売をするなかで、一番得をするやり方だと私は思います」

それについては重兵衛はまったく同じ考えだ。だまされるほうが悪いという者もいるだろうが、真心をこめて商売をしてこそ、運がめぐってくるものだろう。まわりが守り立ててくれるのだ。

商売がうまくいっている店の最も上に立つ者で、共通していることが一つある。それは、人に対して常に誠実で、正直であるということだ。

二人は再び甲州街道を進みはじめた。二つのまめは痛くないらしく、新たにつくったまめもないようで、おそのの足は軽い。

布田宿を出て、二町も行かないときだ。木陰に座りこんでいる女がいた。目を閉じ、なにか痛みに耐えている風情だ。距離は十間もない。

「どうしたのでしょうか」

おそのが気がかりを面にだしていう。

「さしこみかな」

つい最近、白金村で同じような女に出合ったのを重兵衛は思いだした。その女は品川の大旅籠の女将《おかみ》で、さしこみの特効薬を飲ませた縁で、旅籠の女たちの子供を相手に、重兵衛は旅籠まで出張って手習を教えることになったのである。

重兵衛とおそのは足早に近づいた。

「どうされました」

おそのが静かに声をかける。

「お困りですか」

女が目をあけ、顔をあげた。膝《ひざ》を崩して座りこんでいる。警戒している様子だが、菅笠を取ったおそのを見て目の光と表情を和らげた。

歳《とし》の頃は三十代半ばか、くっきりとした涼しげな目をしており、黒々とした瞳が聡明さを感じさせた。ややあがった眉が勝ち気さを伝えている。

身なりは町娘のものではない。もっとぴしりとして、凜《りん》とした雰囲気が自然に身についている。武家に仕える腰元、というのがぴったりくる。

そう思って見ると、女には剣の心得があるような気がしてならなくなった。むろん、重兵衛とはくらべものにならない腕でしかないが、阿漕《あこぎ》な雲助や馬子たちから身を守るのには十分だろう。

「ああ、すみません。なんでもありません」

透き通る声でいう。微笑を浮かべていた。背筋をすっと伸ばしている。

「なんでもないということはないのではありませんか」

おそのが女の足元をのぞきこんだ。

「素足ですね。もしやまめをつくられたのではありませんか」

女が足を重兵衛から見えないようにして、苦笑する。目尻にしわが深く刻まれたが、きりっとした感じは失われない。むしろ、目元に鋭さが宿ったような気さえした。

ただ、もともと色白なのに、赤く日焼けしているのが少し哀れに思えた。それに、凛とした雰囲気のなか、疲れの色が全身からわずかににじみ出ている。これは隠しようがないものだ。もう長いこと旅をしているのだろうか。これからどこに行こうとしているのか。江戸か。それとも、甲府のほうだろうか。

「実はそうなのです」

目元に光を宿したまま、女が隠した足袋を見せた。

「まめが潰《つぶ》れてしまって、血がにじんで痛くて痛くてなりません。急ぐ旅なのにこんなことになってしまい、歯がゆくて……」

きゅっと唇を噛《か》む。悔しそうな顔だが、女ではないような精悍《せいかん》さがあらわれた。

やはりまめでしたか、とおそのがいって、重兵衛を見た。

「これをつけるといいですよ」

深く顎を引いた重兵衛は、懐から清外温を取りだした。

「とてもよく効く薬です。私もまめをつくったのですけど、この薬のおかげですっかりよくなりました」

女が首を振り、はきはきという。

「実は私も膏薬は持っているのです。江戸で買い求めたもので、よく効くと評判の薬です。つい先ほど塗ったばかりで、今は効くのを待っているのです」

こういわれては、今から清外温を使えなどと無理強いはできない。

さようですか、と幾分残念そうにおそのがいった。

「お心遣い、痛み入ります」

女が深々と頭を下げた。すぐにきゅっと顔をあげた。

「お二人は夫婦《めおと》なのですか」

「いえ、まだなのです」

おそのがかぶりを振る。

「まだということは、一緒になる約束はしたということですか」

はい、とおそのがはにかみとともにうなずく。

「これからお母さまに、ご挨拶《あいさつ》にうかがうところです」

「挨拶に」

女が清らかな眼差しで重兵衛たちの旅姿を見やる。

「お母さまのところは遠いのですか」

「諏訪です」

おそのが、きかれるままにすらすらと答える。重兵衛は、この娘の人をまったく疑わない素直さに、むしろ誇りのような思いを抱いた。

「ああ、さようですか。私は甲府までまいるところです」

女が、おそののまっすぐな感じに打たれたのか、ほがらかな口調で告げた。

「お一人ですか」

おそのが女にたずねる。女の一人旅は珍しくなくなったとはいえ、人通りの少ない甲州街道ではやはり目立つ。雲助や馬子たちだけでなく、街道沿いの男たちの目を引かずにはおかないだろう。どんな危難が待ち受けているか知れない。

「はい、見ての通りです」

女が答えた。おそのが気づいたように名乗る。重兵衛も名を告げた。

女が座ったまま辞儀する。

「時世《ときよ》と申します」

「時世さんは、甲府にどんなご用事なんですか」

時世がきりっとした眉を曇らせる。

「すみませんでした、いらぬことをきいてしまって」

おそのがあわてて謝る。

「いえ、気にしないでください」

その言葉を終えると同時に、時世の顔がさらに引き締まった。おのれに課せられた仕事を思いだしたような表情だ。

懐にじっと手を当ててから顔をあげ、甲府のほうを見やる。そっと太陽に視線を移した。傾いてきてはいるが、陽射しの強さに衰えはない。今が盛りとばかりに太陽は燃え盛っている。

時世は一瞬、まぶしげな顔を見せ、すぐに足のまめに目を落とした。それから、重兵衛たちに目を向けてきた。よし、行くぞ、という決意の顔になっている。

それを潮に重兵衛は、時世に向かってこうべを垂れた。

「では時世さん、手前どもはこれにて失礼いたします」

重兵衛はていねいにいって、行こう、とおそのをうながした。向かう方向は同じだが、時世は重兵衛たちと同道したいという表情ではない。時世がこれからも一人旅を望んでいるのは紛れもなかった。

時世が再び頭を下げる。

「ありがとう存じます。私はここでしばらく休んでからまいります」

やはりこのまま一人旅を続ける気でいる。道連れは不要なのだ。

「時世さん、どうぞ、お気をつけて」

おそのが時世に向かって腰を深々と折った。それを受けて、時世が笑みを浮かべる。どこか、はかなげな笑みだ。

「おそのさんも」

ありがとうございます、といっておそのがほほえむ。

重兵衛とおそのは炎天の下、また甲州街道の土を踏みはじめた。

「物腰はやわらかでしたけど、きりりとしたお方でしたね」

おそのが菅笠を傾けて、振り返る。時世からはすでに半町ほど隔たっている。

「わけありの感じでしたね」

「うん。甲府へ使いに行くのか、その戻りなのか」

「甲府には大勢のお旗本の皆さまがいらしていますね」

甲府勤番といわれる者たちである。二百石から五百石ほどの禄高の旗本ばかりで、およそ二百人が追手組と山手組に分かれており、その二組がさらに半分になっている。

追手組と山手組にはそれぞれ二人ずつの組頭がおり、それらは二人の甲府勤番支配に率いられていた。甲府勤番支配は、三千石ほどの禄高を誇る大身の旗本がつとめるのが決まりになっている。

甲府勤番山流しといわれるくらいで、旗本のなかでは甲府勤番になるのは、最も避けたいことだと重兵衛はきいている。

なにしろいったん甲府勤番になると決まったら、江戸から四十里近く離れた甲府で生涯、暮らさなければならないからだ。これが山流しと呼ばれる所以《ゆえん》である。

そのためになかなか人選びがはかどらず、罪を犯したり、不始末をしでかしたり、悪行をはたらいたりした者を選んで送りこむことになった。

それがゆえに、甲府勤番はやくざも同様な者たちの集まりときいたことがある。しかし、甲府勤番支配は別に不行状を行った者ではなく、むしろこれから幕府内において出世の階段をのぼろうとしている者である。

それらやくざな者どもを指揮しなければならず、ひじょうに骨の折れる仕事といってよい。おそらく、ひ弱な大身の旗本の手に余る仕事にちがいなかった。

「時世さんは、甲府勤番の皆さんと関係しているお方なのでしょうか」

「あるいは、甲府勤番支配のほうと関係しているのかもしれぬ」

「懐に大事なものをしまっている様子でしたね」

重兵衛も、時世が胸に手を置き、じっとしていたのを覚えている。あれはおそののいうように、あそこになにかをおさめ入れてあるのだろう。

「なにかの使いで江戸に出たのかもしれぬな。その返事かなにかをしまい入れているのかもしれぬ」

その後、重兵衛とおそのは府中宿に着いた。七里半ほどの道程だ。まだ日が高く、宿に入る前に甲州街道沿いに鳥居がそびえている武蔵総社六所宮《むさしそうじゃろくしょぐう》にお参りした。

広々とした境内は、知らず背筋をのばしてしまうようなおごそかな雰囲気に覆われている。鬱蒼《うっそう》とした木々が吐きだすかぐわしい香りが一杯で、清澄な気に満ちていた。

あまり人はおらず、神に見守られているような静寂に境内は包まれていた。しわぶき一つ漏らすのもはばかりがあるような感じだ。

参道を進んだ重兵衛とおそのは随神門《ずいしんもん》を抜け、中雀門《ちゅうじゃくもん》をくぐり、拝殿の前に進んだ。

賽銭《さいせん》を投げ、鈴を鳴らし、これからの旅の無事を祈願した。

それだけで気分がさっぱりした。

参道を戻る際、どうして神社では鈴を鳴らすのか、おそのに問われた。

鈴には古来より厄除《やくよ》けの力があると信じられており、また巫女《みこ》が神楽舞《かぐらまい》を舞う際、手にする神楽鈴には神を呼ぶ霊力があるとされている。拝殿の前にやってきたとき、けがれのない鈴の音で神を呼びだし、願いをきいてもらうという意味があったはず、というようなことを重兵衛は説明した。

鳥居を出て西に向かう。甲州街道と府中街道がまじわるあたりが府中宿のなかで一番にぎやかで、人通りも多い。多くの荷駄が行きかっている。人を乗せた駕籠《かご》も行く。どうやら近くに問屋場があるようだ。

府中宿は、三十八軒の旅籠があるということだ。そのうちの八軒は飯盛女《めしもりおんな》が置かれている宿である。

むろん、重兵衛とおそのは飯盛女を置いていない平旅籠を選んで投宿した。

いつしか無口になっている。

気まずいということではないが、夜が近づくにつれ、なにを話してよいか、わからなくなっている。

三

まだ七つ前に旅籠に入った重兵衛とおそのは、まず風呂に入った。湯殿は大きめのものが一つで、重兵衛が先に入らせてもらった。刻限が早いこともあって、湯はきれいだった。旅塵《りょじん》にまみれた体に、これはとてもありがたかった。おそののためだけでなく、旅籠に泊まるあとの者のためにも、重兵衛はできるだけ湯を汚さないように気を配った。

重兵衛のあとに入ったおそのはゆっくりと浸かっている様子だった。うっかりおそのの入浴している光景を想像して、重兵衛は頭を馬のようにぶるぶると振った。

おそのが風呂を出てきた。いいお湯でした、と笑顔でいった。

「さっぱりしました。気持ちいいですね」

おそのは桃色の頰を上気させている。これまで見たことがないような色っぽさが感じられ、どぎまぎした重兵衛はまぶしくてならなかったが、おそのから視線をはずすことはできなかった。

風呂のあとに食事になった。二人は二つの膳をはさんで向かい合った。飯に汁物、香の物、鰯《いわし》の丸干しがのった皿、湯葉とわかめの酢の物という献立だ。膳の上にところ狭しと置かれている。

旅籠の夕餉自体、たいしてうまいものではないが、重兵衛は、今はさらに味がわからなくなっている。なにしろ、おそのからいいにおいが発されているのだ。頭がくらくらしそうである。

なにかいおうとするが、うまく言葉が出てこない。腹自体は空いているので、箸《はし》はそれなりに進む。

箸が食器に触れる音と咀嚼《そしゃく》する音しかきこえない。あとは、すぐ下の街道を行く者たちの甲高い声に、ときおり響く馬のいななきである。

おそのも同じ心持ちのようで、もくもくと箸を動かしては食べ物を口に運んでいる。

二人は同じ部屋にいる。旅籠が混んでいないこともあって、相部屋となるような他の客はいない。

膝をつき合わせるようにして、二人は食事をしている。

「あの」

おそのが沈黙を破った。重兵衛はほっとし、おそのを見た。つぶらな瞳が気づかうような光を宿している。

「おいしいですね」

「うむ、そうだな。ここの食事は旅籠の割にけっこういける」

おそのがにっこりとする。

「よかった。重兵衛さん、むずかしい顔をされているから、お口に合わないのではないかって思っていました」

「いや、そんなことはない。ただ、疲れているせいか、あまり味がわからぬ」

「あっ、それはいけません」

おそのが箸を置く。旅の疲れなど感じさせないすばやさで立ちあがり、膳をまわりこんで重兵衛のそばに来た。重兵衛の額にそっと手のひらを置く。

「熱はありませんね」

「ああ、風邪は引いておらぬし、暑さにもあたっておらぬ」

「では、本当にただの疲れですか」

うむ、と重兵衛は答えた。額に置かれたままの手を取る。あっ、とおそのが抑えた声を発する。

重兵衛は静かにおそのを抱き寄せ、やわらかな体を抱き締めた。おそののにおいがさらに強まった。欲情が喉の壁を一気に這いあがってくる。

畳に横たえようとしたが、目を大きく見ひらいているおそのの顔が目に飛びこみ、我に返った。

「すまなかった」

裾《すそ》をていねいに直して正座したおそのに重兵衛は詫《わ》びた。おそのがあわてたように首を振る。

「いえ、謝られるようなことではありません。でも、少しびっくりしてしまって」

おそのは真っ赤になっている。だが、意を決したように顔をあげ、重兵衛をまっすぐ見つめてきた。また立ちあがり、重兵衛の眼前に座り直した。おそのの顔がほんの三寸のところにある。瞳は鳶色を帯びている。息を弾ませていた。

いきなり顔を近づけてきた。あたたかなものが唇に触れる。重兵衛が抱き締めようとしたときには、すでにおそのは手の届かないところに離れていた。にこっといたずらっぽく笑う。

「一緒になるまで、これ以上のことは待ってくださいね」

結局、その夜は宿の者に衝立《ついたて》を持ってきてもらい、二つの布団のあいだに立てた。重兵衛のなかには残念な気持ちが強かったが、正直、これで道中、あれこれ悩まずにすむという、どこかほっとした感も否めない。

それぞれの布団に横になり、衝立越しに重兵衛とおそのは話をした。おそのは、江戸とはまったく異なる風景を目の当たりにしたことをやや興奮気味に話した。重兵衛と二人きりで旅に出たことで、気持ちの昂《たか》ぶりを抑えきれないようだ。

「村よりこちらのほうがずっと暑いですね。山に近いから、もっと涼しいのかと思っていました」

「こちらは風があまりないものな。冬のあいだは強い風が吹くときいたが、この時季はちがうんだろう」

ほかにも、体中が汚れていたことにとにかく驚いたという。

「お風呂場に行ってびっくりしました。どうしてこんなところまで土埃《つちぼこり》が入りこんでいるのって。爪のあいだにも汚れがたまってしまって、とても重兵衛さんに見せられないようになってしまったんですけど、お風呂できれいにできて、ほっとしました」

「それはよかった」

重兵衛が答えた途端、いきなり安らかな寝息が衝立を越えて耳に飛びこんできた。

このあたりは、いかにもおそのらしい。

なんにしろ、眠れるというのはよいことだ。もし眠れないなんてことになれば、明日の道行きはひじょうに厳しいものになる。睡眠が足りないと、体がとてつもなく重く、足は鉄の草鞋《わらじ》を履くも同然になる。

重兵衛はゆっくりと目を閉じた。衝立のかたわらに行灯《あんどん》が置いてある。顔を寄せ、ふっと吹き消した。

暗闇があっという間に覆いかぶさってきた。今、何刻か。まだ五つにもなっていないのではないか。

隣の部屋からは豪快ないびきが響いてくる。宿の者だけでなく、宿場の者たちがいまだに働いている気配が外から伝わってくる。ひそめた話し声や、どこかで宴でもひらかれているのか遠慮のない笑い声がきこえてくる。

向かいの宿からか、女のひそめたあえぎ声も耳に入ってきた。確かめなかったが、向かいは飯盛女を置いている宿だったようだ。

重兵衛が着ている寝巻はおそのが持ってきてくれたものだ。この旅のためにわざわざ新調してくれたのである。

その着心地のよさにうっとりするくらいだが、下に敷いている布団はあまり上質とはいいがたい。なにか虫でもいるのか、背中にかゆみを覚えている。

重兵衛は寝返りを打ち、手を伸ばしてぼりぼりとかいた。おそのちゃんは大丈夫だろうか。穏やかな寝息に変わりはないが、虫に食われてはいないだろうか。なにしろ旅籠の布団は、いつ干したのかわからないような代物だらけだ。

そんなことを考えているあいだに、重兵衛も睡魔に襲われた。そこからはあっという間だった。眠りの坂を真っ逆さまに一気に底までくだっていった。

夕餉にくらべたら、質素な食事だ。御飯にわかめの味噌汁、胡瓜《きゅうり》の漬物、納豆、梅干しという献立だが、重兵衛には十分だった。特に納豆は好物で、これがないと、一日のはじまりに力が入らない気がする。

「おいしい」

おそのは目を輝かせて箸を運んでいる。たっぷりと眠ったのがよくわかる表情だ。

「この納豆、江戸で食べるものより味が濃いような気がします」

部屋には行灯が灯されているが、暗さは取り払われていない。朝日がのぼるまで、まだ一刻半はあるだろう。今は七つ半を少しすぎたくらいだ。

ほんの四半刻ほど前に、重兵衛たちは起きだした。目覚めた宿泊客たちの話し声などでかなり騒がしくなっており、寝ていられなくなったのもあるが、そろそろ眠りが浅くなっていたということもあった。

重兵衛たちが起きたのを察したようにすぐさま女中がやってきて布団がたたまれ、朝餉の膳が運びこまれたのである。

「重兵衛さんはいかがですか。おいしいですか」

おそのが少し心配そうにきいてくる。

「うん、おいしい。今朝は味がわかるよ。よく寝たのがよかったんだろう。確かにこの納豆はうまい。すばらしいな」

よかった、とおそのが安堵の顔になる。そのけなげさに、重兵衛は手を伸ばして抱き締めたくなった。朝っぱらでなくとも、そんな真似はできない。

重兵衛は箸をのばし、梅干しを口に持っていった。うっ。あまりの酸っぱさに声をあげそうになった。顔をしかめることでなんとかこらえたが、おそのに不埒な思いを抱いたことに、天のばちが当たったのではないかとすら感じた。

その後、衝立を立てて身支度をととのえ、重兵衛たちは出立した。代金はすでに前払いしている。

代は一人、二百五十文だった。まず上級の旅籠といえるだろう。

泊まったことはないが、最高といえる旅籠で三百文かかる、ときいたことがある。最も安い旅籠は百文ほどだそうだ。木賃宿は、薪代《まき》を入れて六十文から八十文くらいである。

府中宿はまだ夜の壁にすっぽりと囲われている。至るところに提灯が掲げられているが、なかには篝火《かがりび》が盛大に闇を焦がしているところもある。

宿場内には、うっすらと人の顔が見分けられる程度の明るさが醸しだされていた。大勢の旅人が次から次へ旅籠から吐きだされてきている。いつこれだけの人数がそれぞれの旅籠におさまったのかと思えるほどだ。

灯りに照らされた顔はくすんでいるように見えるが、表情は誰もが生き生きとして、今日もがんばって歩くぞ、という決意にみなぎっている。

この日の本という国に住む者たちは、旅がこの上なく好きなのだということを、重兵衛にあらためて思わせる光景である。

これから江戸にくだる者、甲府のほうへとのぼる者、きれいに二つに分かれるかと思えばそうではなく、江戸に向かう者のほうがはるかに多いようだ。旗を立てている者がちらほら見えることから、講を組んで村を出て、江戸見物に向かう者がほとんどなのかもしれなかった。

提灯を灯して重兵衛たちは歩きはじめた。府中宿の家並みが切れると、あたりは田畑の風景に変わった。

すでに田植えは終わり、満々と水がたたえられているのが、闇のなかでもわかる。ときおりどこから光が発せられるのか、水面がきらりと弾くことがある。

このあたりは多摩川《たまがわ》がすぐそばを流れているから、水はいいにちがいない。うまい水からはうまい米ができるときいている。

そういえば、昨日今日と宿で供された米も旅籠のものにしてはまずまずだった。薄い味噌汁も水のよさは感じ取れた。府中宿に着くまでに、何度か街道脇の泉で喉を潤させてもらったが、それらも冷たくて、実にうまかった。

蛙《かえる》の声がそこかしこからきこえてくるが、空は晴れ渡り、雨の気配はまったく感じられない。梅雨は明けていないが、空梅雨だから、あまり雨の心配はせずともいいだろう。このまま諏訪まで雨が降らずにいてくれたら、どんなに楽だろうと思う。

ぴしゃり、とうしろから音がした。重兵衛はすばやく振り返り、どうした、とおそのにきいた。

「蚊《か》です。ほっぺたをやられました」

重兵衛は提灯をおそのに向けた。

「うむ、腫《は》れているな」

「えっ、そんなにひどいですか」

「二ヶ所やられたのか」

「いえ、一ヶ所だけです」

それをきいて、重兵衛は快活に笑った。

「腫れているのではないようだ。おそのちゃんの頬が豊かなだけだ」

もう、といっておそのが頬をふくらませる。

「ほっぺたは生まれつき、こんなものなんです。もう、気にしているのに」

「えっ、気にしているのか。俺はとてもかわいいと思っているんだが」

「こんなにまん丸じゃなくて、もう少しなだらかなものになってほしいと思っているんですけど。そうしたら、蚊にもそんなに刺されることはなくなるんじゃないかしら」

おそのが静かに頬をなでる。

「あっ、こんなことしたら、かゆみがひどくなってきちゃった」

「薬を塗るかい」

「いい薬があるんですか」

指先でかきながら、おそのが問う。このあたりはだいぶ遠慮のない仕草になっている。いいことだと重兵衛は思う。

「うむ、持っている。もっとも、これは諏訪の薬ではない。江戸で手に入れた虫刺されの薬だ。手習子たちがよく虫に刺されるので、買ってみた。実際、実によく効く」

おそのがにこりとする。

「蚊なら、これまでも白金村でいくらでも刺されていました。それで薬を塗ったことはありません」

「では、いらぬか」

「いえ、重兵衛さんが塗ってくださるのなら、お願いします」

「おそのちゃんはけっこう甘えん坊なんだな」

「はい。おとっつあんから、甘えられるだけ甘えてこい、それでおまえのことをいやになる人ではないから、っていわれています」

確かに、甘えられるのはきらいではないたちだと自分でも思う。

「田左衛門さんはいいお父さんだ」

重兵衛は立ちどまり、提灯を地面に置いた。懐から印籠を取りだし、提灯の光で目当ての薬を手にした。

「こいつだ。須埵《すた》実膏《みこう》というんだ」

「むずかしい名前ですね」

「うん。この名がどういう由来なのか、店の者にきいてみたが、教えてはもらえなかった。

由来くらい教えてくれてもいいのにな」

　重兵衛は指にたっぷりと膏薬を取り、おそのの右側の頬に塗った。

「あっ、ひんやりとして気持ちいい」

　おそのが弾んだ声をだした。

「そうだろう。手習子たちもみんな同じことをいうよ。買うときに、実際に試してみたんだ。これなら手習子たちも喜んでくれるだろうと思った。おそのちゃんにも受けがよくてよかった」

「かゆみがさーっと引いていきます」

「それはよかった。塗らせてもらった甲斐《かい》があったというものだ」

　重兵衛は印籠をしまい、提灯を手にした。

「私がもっと腹の据わった女だったら、提灯を吹き消して、重兵衛さんの口を吸うんでしょうけど……」

　重兵衛はおそのを見た。

「そんなこと、考える必要などない。俺は慎み深いおそのちゃんも大好きだよ」

　おそのの顔がぱっと明るくなった。

「私も、そういうふうにいってくださる重兵衛さんが大好きです」

ひんやりとした大気のなか、重兵衛とおそのは再び街道を進みはじめた。

四半刻ほど歩き続けると、体が熱を持ちはじめた。汗がだらだらと流れ出る。重兵衛はしきりに顔の汗をぬぐった。おそのも手ぬぐいを使っている。

まだ夜明け前で、涼しく感じられるのにこれだけ汗をかく。やはりこの時季に、自分だけならともかく、女連れで旅をするのは避けるべきだったのではないか、という気になる。だが、今さらいっても仕方のないことだ。ここは前に足を運ぶしかすべはない。

東の空が白みだした。明け六つである。

どこからか鐘の音がきこえてくる。ゆるやかな風に乗り、いい響きだ。心が洗われるというが、それが実感できる。

薄絹のように白く低く漂う雲を乗り越えて、日が射しこんできた。あたりが一気に明るくなり、まわりの緑がひときわ華やかな鮮やかさをたたえた。

近くの茂みや梢がざわざわと揺れ動き、新たな風が吹きはじめた。それを潮時にしたように蛙が黙りこむ。

水田を渡る風は涼しく、汗が引いてゆくのが実感できた。生き返るような心持ちになる。

しかし、この風の涼しさはほとんど保たなかった。太陽に大気があたためられ、風も生ぬるくなってしまった。抑えつけられていた汗が一気に噴きだしてきた。

暑いなあ、と重兵衛は口にだしそうになってとどまった。いったところで意味などない。昨日、一度いって、そのときにもう二度と口にするまい、と心ひそかに誓った。それを自ら破る気はない。こういうところが堅苦しいといわれる理由かもしれないが、性分だからしようがない。

あまり無理して歩くより、どこかで一休みしたほうがいいだろう、と重兵衛は判断した。涼しい風を浴びながら、旅籠でつくってもらったおにぎりを食べたら、どんなにうまいだろう。

朝餉を食してまだ一刻ほどしかたっていないが、もう腹が減りつつある。どうせならこの近くを流れているはずの多摩川の河原《かわら》に出て、せせらぎの音をききつつ食べてみたいものだ。

河原につながるのではないかと思える小道を見つけ、重兵衛とおそのは足を踏み入れた。むっとするような草いきれが充満している。呼吸するのも苦しいくらいだ。

背の高い草が風を受けて代わる代わるすり寄ってくる小道は、さして長くは続かなかった。せいぜい半町ほどだった。小道を抜けた途端、重兵衛たちは涼しさに包みこまれた。

河原は二十間ほどの幅があり、その切れ目に、陽射しを魚の鱗《うろこ》のように細切れに弾いて流れる大河が見えた。

胸をひらいて、思い切り息をしたくなったが、重兵衛は瞬時にその思いを断ち切った。

むっ、と道中差に手を置き、姿勢を低くして身構える。顔色が変わったのが、自分でもわかった。

「どうされました」

目をしばたたかせておそのがきく。

「いや、妙な気配が漂ってきたんだ」

どうやら自分を狙ったものではないのがわかり、重兵衛は若干、緊張を解いた。だが、まだ油断はできない。

殺気が放たれた方角へ厳しい視線を送った。だが、なにも見えない。

いや、そうではない。河原に立つ栃《とち》の大木の先にある深い茂みからのように感じられた。

河原の灌木《かんぼく》に、よってたかって絞めあげるように蔓《つる》の植物が絡みつき、深い茂みが形づくられている。その向こう側の河原で、なにかが行われている。

多勢の者が殺気立ち、入り乱れているようだ。やくざの出入りか、と重兵衛は思った。

武蔵国のなかでも、このあたりは気性の荒さで知られる土地柄でもある。やくざ者は多いはずだ。

「あの茂みまで行ってみようか」

はい、とおそのが力強く答える。おびえはまったく見られない。むしろ、早くこの目で見てみたいといいたげな興味の光が瞳に色濃く宿されている。さすがに、好奇の心が強い娘だけのことはある。それに、なかなか度胸が据わっている。

重兵衛とおそのは十間ほど先にある茂みに向かって、足音を殺して駆けた。身を低くして茂みに姿を隠す。

「楽しい」

息を弾ませてはいるものの、おそのはにこにこしている。

「どれ、見てみよう」

蔓が絡まり、大きな葉っぱがいくつも重なり合っている。先ほどの小道以上に草のにおいが強くしていた。重兵衛は何枚もの葉っぱをかき分けるように押しひらいた。

「大勢いますね」

おそのが目をみはっていう。

「ああ、七、八人というところかな。やくざ者の出入りではないようだ」

重兵衛は何人いるか、数えてみた。五間ほど先の河原にいるのは、やくざ者が七人に、浪人らしい者が一人だ。

殺気をほとばしらせているのは、道中差を手にしているやくざ者たちだけだ。七人で浪人を取り囲んでいた。

深編笠をかぶったままの浪人は一本差で懐手をしている。顔は見えないが、なにごともないような様子で、風にゆるりと吹かれている。

不意に浪人が深編笠を取った。やくざ者たちがさらに姿勢を低くする。今にも飛びかかっていきそうな獰猛《どうもう》な顔をしている。

対する浪人は、やくざ者に囲まれているのに、娘たちがむらがっている役者のように、にこにこしていた。確かに、役者が似合いそうな色白の男だ。富士を思わせる、とんがった高い鼻をしている。

「ずいぶん余裕がありますね」

おそのがささやきかけてくる。

「それだけの腕ではあるな」

「あのご浪人、そんなに強いんですか」

「ああ、相当のものだ。武術の盛んな土地柄らしいが、このあたりの者なのか、それともよその土地の者なのか」

おそのが息をのむ。

「重兵衛さんより強いのですか」

「やってみなければわからぬが、強いかもしれぬ」

「ええっ、そんなに」

浪人の顔がかすかに動いた。気づかれたか、と重兵衛は思った。いや、あの浪人ほどの腕ならば、とうに重兵衛たちに気づいているにちがいなかった。

頬はそげているが、両眼は穏やかで、鋭さのかけらもない。遊山をしているようなのんびりとしたものが目には感じられる。高い鼻は鼻筋が通り、口元はほどよく引き締まっている。ひげはきっちりと剃《そ》られており、青々とした色が顔にある。

深編笠を手にしているが、旅姿というほどではない。身なりはくたびれてはいないが、着物の裾がわずかに土埃で汚れていた。もしかすると、江戸から来たのかもしれない。

重兵衛は浪人をじっと見た。どこかで会っているかのような気がしてならない。だが、どう考えても、あの浪人は初めて見る顔だ。

どこか遠藤恒之助《えんどうこうのすけ》に似ていないか。まさか恒之助の血縁か。いや、ちがう。雰囲気が似ているだけで、顔はそうでもない。

「おまえら、はやく金をよこせ」

浪人が唐突に口をひらいた。これも役者を思わせるよい声だ。さほど大きな声をだしているわけではないが、風に負けることなく、耳にすんなりと入ってきた。

「てめえ、いってえなにをいっているのか、わかっているのか」

「わかっているさ。金がほしいから、おまえらに無心しているのではないか」

「どうして俺たちが、見ず知らずのおめえに金をやらなくちゃならねえんだ」

「俺がほしがっているからだ。さっきもいったが、命が惜しければ、とっとと有り金をよこせ」

「ぬかせ。その減らず口を閉じねえと、あの世に行くのはおめえってことになるぜ」

「ならぬよ」

浪人があっさりと否定してみせる。

「腕がちがいすぎる。おまえたちなど、一陣の風が通りすぎたそのあと、この河原で骸《むくろ》になっている」

「なるわけがねえ」

「人が親切でいっているのに、きき分けのない男どもだ。金で片がつけば、安いものだろう。どうせおまえたちのことだ、汚いやり方で稼いだんだろう。それを俺がぱあっと使ってやる。街道筋の者たちも喜ぶ」

重兵衛としては、浪人のいう通りにしたほうがいい、という気持ちだった。浪人の言葉は大袈裟でもなんでもない。ただ、真実を告げている。

しかし、ここで重兵衛が割って入っても、やくざ者たちは浪人をこてんこてんにするまで、やめないだろう。

それに、と重兵衛は思った。あの浪人が金のために、七人のやくざ者を殺すまでのことをするとは、とても考えられない。

だが、それは甘い考えかもしれない。あの浪人はやさしげな光を帯びた目をしているが、ああいう目をした者ほどいったん逆上したときに怖いというのは、よく知っている。

逆上せずとも、あの浪人ならば凪《な》いだ海のような平静な気持ちで、冷酷に人を切り刻みそうなところがあるように感じられた。

「ほざけ」

一人が吐き捨てるようにいって、浪人に飛びかかっていった。道中差が真っ向から振りおろされる。

浪人はぴくりとも動かなかった。道中差が顔面を割ると思えた瞬間、深編笠が横に振られ、びしっという音とともに道中差がやくざ者の手から離れ、宙を飛んだ。

あっ。道中差の行方を目で追ったやくざ者の顔が上にあがる。そこに手刀が飛んできた。喉笛に食らいついた手刀は、そのままやくざ者の体をうしろにはね飛ばした。

やくざ者は河原に背中から落ちていった。弾みで、したたかに大きな石に頭をぶつけ、がくりと首を落として気を失った。

「野郎っ」

「てめえっ」

「ぶっ殺してやる」

口々にいって、三人のやくざ者が浪人に突進してゆく。突きだされ、振りおろされる道中差を、浪人はかわしもしない。軽やかな足さばきで前にすっと進み、道中差が体や顔に届く一瞬前にやくざ者の首筋に手刀を入れ、腹に蹴りを見舞った。三人目のやくざ者には、半身になって肘《ひじ》をぶつけていった。

骨が折れるようないやな音が続けざまに響き渡り、三人とも上から押し潰されたように河原に崩れ落ちた。死んだとは思えないが、ぴくりとも動かない。

浪人は、戦うことをまるで楽しんでいるかのようだ。にこにこしている。だが、顔には紛れもなく酷薄な表情が刻まれている。

重兵衛はそのことに、どうしようもない怒りを覚えた。どうするか。出ていったほうがよいのではないか。

だが、おそのを巻きこみたくない。茂みになど来なければよかったのだ。だが、今さら後悔したところで遅い。

浪人は残りの三人を、見くだした笑みを浮かべて見つめている。

「さて、どうする。まだやるか。それとも、おとなしく金を置いてゆくか」

三人のやくざ者はおびえている。だが、三人ともにおのおの面子《めんつ》があって、引くに引けないでいる。

三人が顔を見合わせ、どうする、と目で語り合いはじめた。

「迷うことはなかろう。有り金全部、置いてゆけばいいんだ」

その言葉で、三人のやくざ者の顔に、このましっぽを丸めて帰れるものか、という思いがあらわれた。

「なんだ、やる気かい」

浪人があざ笑う。

行くしかない。重兵衛は決意を胸に刻んだ。茂みを出ようとした。がさっと音が立った。

――しまった。

重兵衛の立てた音を合図にしたように、やくざ者が道中差の刀身をきらめかせて突っこんだ。

浪人の顔から笑みは消えない。三人のやくざ者が道中差を闇雲に振る。

蹴り、手刀、拳。この三撃で三人のやくざ者は河原に突っ伏した。うめき声すらあげずに気絶している。浪人の攻撃は急所を確実に打ち抜いたのだ。

七人のやくざ者に視線を走らせた浪人が、形ばかりに着物の埃を払った。

「さて、いただかせてもらうぞ」

深編笠を小脇に抱えて浪人は腰を折り、気を失っているやくざ者たちの懐を探りはじめた。財布や巾着を次々に取りあげてゆく。

七人のやくざ者の懐を探り終え、中身を確かめた。ちっと舌打ちする。

「あまり持ってねえな。しけてやがる」

集めた金を自分の財布に落としこみ、これは返しておくぜ、といってやくざ者の財布や巾着を放り投げる。

浪人は河原を歩み去ろうとした。思いだしたことがあったかのように足をとめ、くるりと振り向いた。

「おい、いつまでそんなところに隠れているんだ。とっとと出てきな」

重兵衛たちのいる茂みに向かって、声をかけてきた。

「行こう。まさか殺されるようなことはあるまい」

重兵衛はおそのをうながし、茂みをまわりこんで浪人に姿を見せた。

「ふむ、やはり女連れか」

浪人がおそのをじろじろ見る。

「なかなかいい女じゃねえか。好みだぜ」

その言葉をきいて、おそのが重兵衛のうしろに身を隠す。

「なんだ、あんたの女《すけ》かい。つまらねえな。まあ、そんなことは、はなからわかっていたんだが」

浪人が瞠目《どうもく》する。

「ほう、あんた、いい腕をしているなあ。何者だい」

「通りすがりの者だ」

浪人が口を曲げ、笑いをこぼす。

「旅の者かい。それにしても、通りすがりだなんてなかなか気のきいたことをいうなあ」

なにがおもしろいのか、一人でくすくす笑っている。

やくざ者の一人が目を覚ました。体を起こす。浪人が顔を殴りつけた。ぎゃっ、と悲鳴を発し、やくざ者がまた倒れ伏した。

「こいつら、甲州街道を我がもの顔に歩いていやがってな、癇《かん》に障《さわ》ったんだ。そうしたら、向こうが肩をぶつけてきやがったんだ。俺がぶつけていったのかもしれんがね。俺は、どうせ汚い金だろうから、おまえたちの持ち金すべてよこせ、それで勘弁してやるっていったんだ。だが、えらそうに拒みやがったから、ここに引っぱってきたんだ。その挙句に、こいつら、このざまよ」

浪人が肩をすくめる。

「まったくこんなに弱っちいくせに、どこからこの俺と対等にやれるっていう自信が出てくるのかね。身のほど知らずってのは、こいつらのことをいうんだろうぜ」

浪人が重兵衛を見つめる。

「こいつらから金を奪ったところで、ほかの誰の懐も痛まん。もっとも、たいして持っておらんかったな。やくざ者も、景気が悪いのかね。やくざ者から金を奪うのは、俺の趣味なんだ。体を動かしたくなったら、俺はいつもそうしている。こいつら、弱っちいのに、決しておとなしく渡そうとしないからな」

浪人がうそぶくようにいった。

「しかし、あんた、何者だい。本当にほれぼれするような腕をしているなあ。俺より強いんじゃないのか」

重兵衛は答えない。

「あんたら、どこへ行くんだ。俺は甲府を目指している。武田信玄公《たけだしんげん》に憬《あこが》れているんでな、行ってみようって、ふと思い立ったんだ。あんたらも甲府へ行くのなら、また会うかもしれんな」

浪人が哄笑《こうしょう》する。甲高い笑い声が青空に消えてゆく。

「会いたくないって面だな。しかし、そういうふうに考えていると、必ずばったりと会ってしまうものだぞ」

浪人が身をひるがえす。さっさと河原を出てゆく。

おそのがそれを見て、ようやく重兵衛のうしろから出てきた。

「あー、怖かった。なにか、妖気のようなものを発していましたね、今の人」

「ああ、そんな感じだった」

おそのが河原を見まわす。

「この人たち、どうしますか」

「手当をしてやりたいが、俺たちに手当はできぬ。この先の宿場の役人に届けておいたほうがいいだろう」

やくざ者の一人が目を覚ました。一番若い男で、血気にはやって最初に突っこんでいった男だ。

「おい」

重兵衛は声をかけた。やくざ者がおびえの顔を見せる。

「勘ちがいするな。さっきの浪人はもうおらぬ」

やくざ者がこわごわとまわりを見渡す。ほっとした顔になる。

「ああ、本当にいねえ。まったくおっそろしいやつだった」

「おまえさんたち、どこの一家の者だ。この近くか」

「府中だよ。あんたらは」

「見ての通り、通りすがりの旅の者だ」

次々にやくざ者たちが起きだした。

「これなら宿場役人に届けずとも、大丈夫のようだな」

重兵衛はおそのにいった。

「ええ、そのようですね」

「おまえさんたち、大丈夫か」

やくざ者たちがいっせいにいぶかしげに重兵衛を見る。

「府中に帰れるか」

「もちろんだ」

若いやくざ者が気負って答える。

「ならば、俺たちは行くが、よいな」

「待ってくれ」

若いやくざ者が呼びとめる。

「さっきのあの浪人だが、あんたら、知り合いじゃないだろうな」

「知り合いではない」

先ほど、あの浪人とどこかで会っているかもしれないと思ったことを、やくざ者に告げる必要はない。

「名は。名乗ったかい」

いや、と重兵衛はかぶりを振った。

「そうかい」

やくざ者が多摩川の流れのほうを向き、ぎらりと目を光らせる。

「あの野郎、ただじゃおかねえ。必ずぶっ殺してやる」

やくざ者が視線を転じてきた。すさんだ表情で重兵衛たちを見やる。

「あんたたち、名は」

「名乗るほどの者ではない」

いい捨てて、重兵衛とおそのはその場を離れた。やくざ者たちの粘るような視線をいつまでも感じた。

甲州街道に戻る。おそのが身を震わせている。

「まだ怖いのかい」

「ええ、ちょっと。あのご浪人の目を思いだしてしまって」

重兵衛もあの目にはいやなものを感じた。人を人と思っていないようなところがある。

「見に行かなければよかったな」

おそのがかぶりを振る。

「それは無理です。人って、ああいうのを見に行かずにはすまされない生き物ですから。それに、重兵衛さんと一緒だから、私は全然怖くなかった」

重兵衛はおそのを抱き締めてやりたかったが、さすがに白昼、街道のまんなかで、そんな真似をするわけにはいかない。

重兵衛は、できるだけおそののそばを歩くようにした。

「あのご浪人、何者なんでしょうか」

おそのが街道の先を眺める。相変わらず陽炎がゆらゆらと揺れている。頭上の太陽は、地上のなにもかも焼き尽くそうとしているとしか思えない。

「正体はわからぬ。無頼の者としか、今のところいいようがない。ただ者でないのは紛れもないな」

「また会いましょうか」

「会うかもしれぬ」

まちがいなく顔を合わせることになるのではないか。そんな予感が重兵衛のなかにある。

あまり会いたい男ではない。

だからといって、足を進めないわけにはいかない。

諏訪で母が待っている。

第二章

一

西の空をぼうっと眺めている。

「なんだ、善吉、なに、見てるんだ」

惣三郎は声をかけた。

「太陽は東からあがってきているぞ。西の空にはちっちゃい雲しか浮いてねえだろうが」

「ああ、いえ、重兵衛さんたち、今頃どのあたりにいるのかなあって思って」

「おめえ、重兵衛たちがどの方角に向かっているか、ちゃんとわかっているんだな」

善吉がむっとする。

「当たり前ですよ。甲州街道は江戸からまっすぐ西に向かって甲府に達するんですからね。

そのくらい、誰だって知ってますよ」

「誰だってってことはねえと思うぞ。おめえはなかなかたいしたものだ」

「たいしたものですかい」

善吉がうれしそうに鬢をがりがりとかく。

「旦那にほめられるってのは、あんまりありませんから、こいつは春から縁起がいいってところですね」

「春なんか、とっくにすぎているがな」

「ものたとえですよ。旦那、重兵衛さんたち、今頃、どこにいるか、わかりますかい」

「そうさな、昨日、見送ったばかりだしな。昨日は府中に泊まるっていっていたから、女の足でもあるし、七つ立ちしたとしても、まだ一里も行ってねえんじゃねえかな」

「八王子までは行ってないってことですね。男の足なら諏訪まで四泊で行けるでしょうけど、女連れですから、やはり予定通り五泊で行くんでしょうねえ」

「予定通りにいかねえのが、旅ってものだけどな」

善吉がにやりと笑う。

「なんだ、その顔は」

「旅慣れてるみたいないい方してますけど、旦那は旅っていったら、まだ諏訪に一度、行ったことがあるだけじゃないですか」

「この馬鹿」

惣三郎はあわてて善吉の口を押さえた。

「だ、旦那、なに、す、するんですかい」

善吉が惣三郎の手を振り払う。

「馬鹿、おめえ、ここをどこだと思っているんだ」

「ここは日本橋ですよ。さっきお番所を出てきたばかりじゃないですか」

惣三郎は善吉の耳を引っぱり、顔を引き寄せた。

「痛《い》てて、旦那、なにするんですかい」

惣三郎は耳から手を放した。

「まったく、相変わらず脂べったりの顔、してやがんな。耳までべたべただ」

惣三郎は善吉の耳にささやきかけた。

「ここがどこかよくわかっているんだったら、あんなにでっけえ声で、俺たちが諏訪に行ったこと、しゃべるんじゃねえ。番所の誰の耳に入るか、わからねえだろう」

善吉が深いうなずきを見せる。

「さいでしたか。よーくわかりましたよ。旦那が諏訪に行ったってこと、大きな声でいっちゃあ――あがっ」

惣三郎はまた善吉の口をふさいだ。

「だ、だん、い、い、きが、で……」

善吉が真っ赤な顔をして身をよじる。惣三郎は手をはずした。

善吉が背を丸め、激しく咳きこむ。あまりに苦しそうなので、大丈夫か、と惣三郎は背中をさすってやった。

ようやく咳がおさまった善吉が体を起こした。

「大丈夫か、じゃありませんよ。旦那、鼻まで押さえてましたよ」

「ああ、そうか。おめえ、息ができねえっていってたのか」

「旦那、あっしを殺す気でしたね」

「そうできれば、おめえとの腐れ縁も切れてありがてえところなんだが、おめえをあの世に送っても、人殺しは人殺しだからなあ。そんなくだらねえことで、お縄になるのはつまらねえ」

「くだらないことっていいましたね」

「言葉の綾だ」

「これでも、おとっつあんにおっかさんがいるんですよ。二人はあっしが死んだら、悲しみに暮れますよ」

「二親ってのは、ありがてえもんだ。善吉、せいぜい親孝行しろよ」

「へい、がんばりやす」

善吉がこれまでなにを話していたか、忘れたような顔で前を向く。実際、意外にさっぱりとした性格だ。こういうところは一緒に働いていて、楽でいい。

「それで旦那、今日はこれからなにをするんですかい」

「いつもの通りだ。町廻りだな」

「旦那、なにか元気がないですねえ。やっぱり寂しいんですね」

「寂しいことなんか、ありゃしねえ。半月後には会えるからな」

「予定通りにいかないのが旅だって、旦那、さっきいったばかりじゃないですか」

惣三郎は上空を仰ぎ見た。夏らしい、光が放つ白みを帯びた青い空が江戸の町を覆い尽くしている。

「昨日もいったが、あいつはいろいろと呼んじまう男だからな。本当に、予定通りには帰ってこねえかもしれねえ」

「やっぱりついていきたかったですねえ」

「まったくだ」

背後から足音がきこえてきた。ただならない足音だ。

惣三郎は勢いよく振り返った。町奉行所の小者が駆けてきたところだ。距離はもう三間もない。

「玉之助《たまのすけ》じゃねえか。どうした」

玉之助が惣三郎たちの前で立ちどまる。ざざっと音がし、土埃が煙のように舞いあがるが、海からの風にすぐさまさらわれてゆく。

玉之助が息をととのえる。喉仏をごくりと上下させてからいった。

「河上の旦那、殺しです」

玉之助が惣三郎たちを案内したのは、飯倉片町《いいぐらかたまち》だ。

ここはせまい町地に多くの家が立てこむ小さな町である。そのさらに狭い路地に惣三郎たちは導かれた。

玉之助の説明によると、殺害されたのは男で、鋭利な刃物で首を切られて殺《や》られたらしい。

「こちらです」

玉之助が、路地のどん詰まりに建つ一軒の家のなかに入ってゆく。家はそんなに大きいものではなく、せいぜい三部屋ある程度の平屋である。

家はずいぶんと古い。かび臭さがあり、人が暮らしていたような気配はまったく感じられない。

「ここは空き家かい」

惣三郎は玉之助にきいた。

「どうやらそのようです。人が住まなくなって、ずいぶんと久しいようですよ。この町の人の話では、大家さんが新しい家を建てることに決めたそうで、あと一月ほどで取り壊されることになっていたみたいです」

一番奥が座敷になっているようで、その前の部屋と廊下に、飯倉片町の町役人が集まっていた。惣三郎を見ると、ご足労ありがとうございます、ご苦労さまです、といっせいに頭を下げてきた。いずれも顔なじみで、全員の名もちゃんと覚えている。

「ここか」

奥の座敷を指さして、最も古株の町役人に惣三郎はきいた。

「はい、さようです」

町役人が小腰をかがめて答える。

「どれ、見せてもらおうか」

惣三郎は敷居を越えて入りこんだ。畳はまだ敷かれているが、かなりいたんでおり、ほとんどがすり切れていた。埃をたっぷりとかぶっているが、その上に足跡が入り乱れている。

その先の小さな押し入れの手前に、一人の男がうつぶせに倒れていた。おびただしい血に顔がどっぷりと浸かっている。

雨戸が閉め切られているが、隅にともされた行灯の灯りで、部屋はほんのりとした明るさが保たれている。ほかにも、右側の廊下の上のほうに明かり取りの小窓が切られており、外の光を畳に通していた。

死骸は死んでからときがたっているようで、においはじめていた。体がかたくなっているのが、はっきりと伝わってきた。

「検死医師には知らせたのか」

惣三郎は町役人に問うた。

「はい、紹徳《しょうとく》先生をお願いしました。もうだいぶ前です。じき見えると思いますが」

「仏には、誰も触れちゃあいねえな」

「はい、もちろんです」

「この仏を誰が見つけた」

「三人の男の子です。今朝早くのことです」

「その三人は、手習所はどうした」

「手習所は今日、休みなものですから、朝っぱらからこの空き家に入りこんで、遊ぼうとしていたようです」

そういうことかい、といって惣三郎は腕組みをした。子供はこういう空き家に忍びこむのが大好きなのだ。ゆっくりとしゃがみこみ、死骸の顔を見つめる。

「なるほど、首をぱっくりと切られてやがるぜ。仏を前になんだが、こいつは見事な傷跡だ。犯人は相当、鋭利な刃物を持ってやがるな。素人じゃねえかもしれねえ」

「玄人の仕業ってことですかい」

善吉が小声できいてくる。

「十分に考えられる」

ささやくように返して、惣三郎はさらに死骸の顔を見た。

「口からも血を流しているな。これは、殴られたりしたのかもしれねえ。だいぶ苦しそうな顔をしているように見えるが、俺の勘ちがいかな。善吉、どうだ」

「ええ、あっしにもそういうふうに見えますよ。顔をゆがめているのは、生きているとき、かなりの苦しみを覚えたからじゃないですかね」

「苦しみを覚えたか。おめえにしちゃあ、上出来のいいまわしだな。――ふむ、まだそんな歳じゃねえな。三十前後っていうところか。――おい、仏の身許はわかっているのか」

惣三郎は町役人にきいた。

「いえ、わかっていません。この町の者ではないようです」

そうかい、と惣三郎はいって視線を死骸に戻した。

「ふむ、背丈は五尺三寸ほどか。体はがっちりしていて、筋骨隆々だな」

「人足かなにかですかね」

惣三郎はかぶりを振った。

「それにしちゃあ、色が白いな。力仕事の類《たぐい》を生業《なりわい》にしているんなら、ちっとは日焼けしてねえとおかしいだろう」

さいですね、と善吉がいった。

「この仏は町人でまちがいねえだろう。着物はまったくふつうのものだ」

検死医師が来る前に死骸に触れるわけにはいかず、着物を裏返すような真似はできないが、どうやら白の襦袢《じゅばん》の上に、紺色の小袖を着ているにすぎない。

「しかし、けっこう上質な着物って感じがするな」

「ええ、旦那が着ているもののような安っぽさはありませんものね」

「おめえ、俺の女房の見立てにけちをつけるつもりか」

「ああ、由江《よしえ》さんのお見立てでしたか。それは失礼しました。とにかくこの仏は、そこそこのお金は持っていたってことですね」

「そういうことになるかな」

惣三郎は死骸の両腕に目を当てた。

「妙な具合に曲がってやがるぜ」

「ええ、さいですねえ」

両腕はともに、ふつうなら曲がらない方向にねじ曲がっている。

「折られたんですかね」

「どうやらそのようだ」

「どうして犯人は折ったんですかね」

「わからねえな。あるいは、責め苦か」

「なにか吐かそうとしてってことですかい」

「かもしれねえが、そういうときはたいてい、指を折るんだがな」

「それか、爪をはぐなんてことも、よくしやすねえ」

そうだな、と惣三郎が同意したとき、紹徳が遅くなりました、と姿を見せた。いつものように、薬箱を持った助手の若者を連れている。

ご苦労さまです、と惣三郎は紹徳に頭を下げた。善吉が、こちらです、と死骸を指し示す。一礼した紹徳が死骸の前に進み、ひざまずいた。助手が行灯を死骸に寄せる。

合掌してから、紹徳は助手とともに検死をはじめた。死骸を引っ繰り返すなどして、ていねいにあらためている。

明かり取りの窓が二度ばかり陰り、そして新たに光が射しこんだとき、紹徳はもう一度合掌してからすっと立ちあがった。

惣三郎と善吉はすぐさまそばに寄った。

「こんなものがでてきました」

紹徳が見せたのは簪《かんざし》だ。

「これはどこに」

「右袖の袂《たもと》にありました」

「女への贈り物ですかね」

善吉がしげしげと眺めていった。

「ちがうな」

惣三郎は断定した。

「どうしてですかい」

「ちと古い。それに、飾りが、この畳みてえにだいぶくたびれている」

「でも、針のほうはぴかぴかですよ」

「ああ、よく磨かれているな。この簪が仏のものなら、よっぽど大事にしていたってことだな」

「母親の形見とか」

「ああ、十分に考えられるな」

惣三郎は紹徳に視線を向けた。

「ほかにはありますか」

「これです」

財布を見せる。惣三郎は手にした。上等の印伝の財布だ。ずっしりしている。なかをあらためた。たっぷりと入っており、小判も見えている。

「手をつけてねえようだな」

「物盗りではないってことですね」

「ああ、これだけの大金をそのままにしておくってのは金目当てじゃねえ」

惣三郎が口を閉じると、紹徳が待っていたように言葉を発した。

「もうおわかりでしょうが、腕が二本とも折られています。肘のところです」

さぞ痛かっただろうな。惣三郎は身震いをなんとか抑えこんだ。

「おそらく畳にうつぶせに押さえつけて、へし折ったのでしょう」

善吉が、ひええ、と小さな声を発した。気持ちはよくわかるから、惣三郎は咎《とが》めなかった。

「どうしてそんな真似を、犯人はしたのだと思いますか」

惣三郎は紹徳にたずねた。

「さあ、手前にはなんともいいようがありません」

そうですか、と惣三郎はいった。

「ほかにはなにか」

「腹を執拗《しつよう》に殴られたり、蹴られたりした跡があります。いくつもあざができているのは、そのためだと思います。あと、前歯がすべて折れています」

惣三郎は目をみはった。善吉がえっ、という声を漏らし、自分の前歯に指で触れた。そこにちゃんとあることに、ほっとしたような顔になる。

「それは、歯を折られたと考えてよろしいですか」

惣三郎は紹徳にたずねた。

「ええ、かまわないと思います」

「犯人は、どうしてそんな真似をしたんだろう」

惣三郎は独り言をつぶやくようにいった。紹徳が小さく顎を引く。

「手前には、責め苦の跡、としか思えないのですが」

実際に紹徳に、腹のあざと口のなかを見せてもらった。

確かに、腹にいくつもの黒いあざがあり、前歯はすべてなかった。口から血が流れ出ていたのは、そのためだったのだろう。それに、死骸が苦しそうな顔に見えたのは、殺される前に責め苦を味わわされたのだから、当然といえば当然だったのだ。

「犯人が責めを行ったというのは、なにか仏からききだしたいことがあったからだろうな」

惣三郎は善吉に顔を向け、言葉を発した。

「犯人は、この仏からなにを知りたかったんでしょうね」

「そいつはまだこれからだな。仏の言葉をきく力があればまだしも、俺たちにはそんな力はどこを探してもねえからな」

「あったら、きっとすぐに解決ですねえ。どうやったら、そういう力を手に入れることができるんでしょうねえ」

「そんな力は永久に身につかねぇよ。犯人探しを地道にやるのが一番だ」

「旦那から地道、という言葉が出るとは思わなかったですねぇ」

善吉が感じ入ったというように、しみじみ口にした。

「殴られてぇのか」

善吉がぶるぶる首を振る。

「とんでもない」

惣三郎はいつまでも善吉を相手にしているわけにはいかないことに気づき、紹徳に向き直った。

「ほかになにか気づいたことはありますか」

紹徳が静かにかぶりを振る。

「いえ、気づいたことはありません」

「死因は、首を切られたことによるもの、と考えてよろしいんですね」

「はい、鋭利な刃物でやられています。匕首《あいくち》か脇差ではないでしょうか」

「殺された刻限は」

「もうかなりたっていますね。おそらく昨日のことでしょう。刻限は、明け方から昼にかけてのことだと思います」

「となると、ほぼ丸一日たっていると考えてよろしいですか」

「はい、それでかまわないと思います」

惣三郎は軽く息を吸った。

「先生、ほかにはなにか」

紹徳は助手に視線を当て、しばらく考えていた。やがて惣三郎に顔を向けてきた。

「なにもありません」

惣三郎は深く礼をいい、紹徳に引き取ってもらった。

それから死骸の顔をじっくりと見た。町役人を手招く。

「もう一度きくが、この顔に本当に見覚えはねえんだな」

「はい、ありません。初めて見る顔だと思います。この町の者でないのは、まちがいないでしょう」

そうかい、と惣三郎はいい、善吉に矢立と紙を用意させた。死骸を仰向けにし、人相書を描きはじめる。

実際に描いてみると、死骸は相当、手ひどくやられたのが伝わってきた。惣三郎の胸のなかに無念の思いが満ちたのは、仏の気持ちが伝わってきたからかもしれない。

必ず仇は討ってやるからな。惣三郎は仏の顔に向かって告げながら、ひたすら筆を走らせた。

　四半刻後、満足のいく人相書ができあがった。善吉に見せる。

「どうだ、こいつは」

「すばらしい出来だと思いますよ」

「世辞じゃねえな」

「もちろんですよ。あっしは旦那にお世辞をいうほど、暇じゃありませんから」

　惣三郎は善吉をじっと見てから、首を振った。

「おめえのいうことは、ほんとに意味がよくわからねえ」

　惣三郎は墨が乾くのを待って、人相書を懐にしまい入れた。

「善吉、まずはこの仏の身許を明らかにしなきゃいけねえな」

「ききこみですね」

「ああ、とことんやるぞ。非番を返上するかもしれねえ。覚悟しておけ」

　惣三郎を見つめていた善吉が満足そうに笑う。

「旦那、本気ですね。珍しくやる気をだしているようですね。あっしは、本気の旦那がどんな働きを見せてくれるか、今から楽しみでなりませんよ」

二

おそのに、疲れの色が見えているような気がしてならなかった。

まだ旅は二日目に入ったばかりだったといえども、やはり旅慣れない者にはきついのである。それに、二日目あたりが最も体がきつくなるのはまちがいないことだ。

そのために昨日は無理をせず、府中宿を出た重兵衛たちは四里の道のりだけにとどめ、早めに八王子宿の旅籠に宿を取った。

昨日、重兵衛たちは多摩川の河原で浪人がやくざ者を叩きのめすところを目の当たりにした。あれは、男にとっても強烈な光景だった。女性には、男とはくらべものにならないほどきつい負担を心に強いたのではあるまいか。

実際のところ、おそのは体よりも心が疲れているように見えた。

そして今朝は七つ立ちはやめ、朝の六つすぎにゆっくりと旅籠を出た。

昨日まではよく晴れて暑さが厳しかったが、今日は梅雨らしい空で、雲がびっしりと覆い尽くしていた。池の水草のように行き場がないのか、雲はまったく動かず、ひたすらその場にじっとしていた。

重兵衛とおそのは甲州街道を急ぐことなく歩いた。

「おそのちゃん、疲れていないかい」

「はい、大丈夫です」

おそのからは、いつもその答えしか返ってこない。

おそのに無理は決してさせたくない。させるわけにはいかない。なんとか楽をさせてあげたい。重兵衛はその思いで一杯だ。

「まめの具合はどうだい」

「はい、お薬がよく効いています。全然痛くありません」

今朝も旅籠を出る前に、傷の妙薬である清外温をおそのの足の裏に塗ってきた。かなりひどかったまめはおそののいう通り、ほとんどよくなっており、新たなまめができているということもなかった。

足の裏は確実に街道に慣れてきたようだが、おそのから疲れが取れているように見えない。がっちりと体に貼りついているようにしか思えない。

今日は甲州街道の最大の難所といっていい小仏峠《こぼとけとうげ》を越えるつもりでいる。だが、もしおそのに疲れの色が濃かったら、峠の前の宿場の駒木野《こまきの》宿で宿を取ろうと考えている。

重兵衛は、街道を行く馬に目をとめた。駄馬ではなく空馬だ。背が曲がりかけた年寄りの馬子が綱を引いている。

「おそのちゃんは、馬に乗ったことがあるのかい」

はい、とおそのが菅笠を上下させる。

「小さな頃、おとっつあんに畑を耕す馬に乗せてもらったことがあります」

「それだけかい」

「大人になってからは、一度もありません。もしかして――」

おそのが前を行く空馬に視線を当てている。瞳が陽射しをはね返して、きらきらと輝いていた。

その目は、重兵衛に真夏の諏訪湖を思わせた。あの湖も風が吹くと、激しく波立つ。強い日の光を弾いて、きらめくのだ。

「うん、そのもしかしてだ」

「重兵衛さん、いいんですか」

「いいに決まっている。そのくらい、なんということはないよ」

「高くないんですか」

「そんなびっくりするような代ではないと思う」

「いざとなったら――」

おそのが笑顔で胸を張る。ちょっぴりいたずらっ子のような表情になっていた。

「私にいってください。これまで内緒にしてきたんですけど、おとっつあんがお足を渡してくれたので」

重兵衛はにこりとした。

「そうだな。もしふっかけられたら、おそのちゃんに頼むことにしよう。しかし、多分そうはならないと思うな」

なんとなくだが、後ろ姿から見て、馬子は人のよさそうな雰囲気を醸しだしている。おそらく法外な代金を求めてくることはないだろう。

田左衛門が娘のおそのに金を渡していたときいて、重兵衛は、甘やかしているなどとはまったく思わない。父親として娘を案ずる気持ちはわかりすぎるほどわかる。金はいざというときひじょうに役に立つ。旅の途上、降りかかった危難を払いのけるのに、これ以上のものはないと田左衛門が考えても不思議はない。

おそのは裕福な育ちだ。これまで金に不自由したり、困ったりしたことは一切ないだろう。だからといって、おそのが貧しさに耐えられないということはない。

それについて重兵衛は確信している。おそのはしっかりとした娘だ。どんな状況に陥っても、持ち前の笑顔ですべてを乗り越えていきそうな気がする。

重兵衛は、これからおそのに励まされ、元気づけられてゆく人生が本当にはじまるのだという強い気持ちを抱いた。

馬子を呼びとめた。かなり老いぼれた馬だが、重兵衛はそういう馬だからこそ選んだ。そのほうがおとなしい。

馬子もどことなくよぼよぼしていたが、これならばゆっくり歩いてくれるのはまちがいなかった。

おそのを馬に乗せた。

「けっこう高いですね」

おそのは目を丸くしている。

「怖いかい」

「いえ、全然」

おそのがまわりを見る。

「風景がまったくちがっていますよ」

それはよくわかる。重兵衛も幼い頃、父に肩車をしてもらったことがある。あのとき、自分の知っていたのとはあまりに異なる風景の広がりに、びっくりしたことがある。大人になれば、いつもああいう景色が見られるのだと思い、早く大きくなりたいと願ったものだ。

「風もちがいます。とても涼しい」

「そうかもしれないね。地面から離れたほうが涼しいから。ところでお客さん、どこまで行きなさる」

手綱を持つ馬子が振り返って、おそのにたずねる。おそのが重兵衛に眼差しを向けてきた。答えても大丈夫ですか、ときいている。昨日、あんなことがあり、少し警戒の気持ちがわいているようだ。

このじいさんは、ただいつものように客にする問いを、今もしてきただけだというのがはっきりしている。重兵衛はおそのに、かまわないよ、という意味で、小さく顎を動かしてみせた。

おそのがよかった、というようにえくぼをつくって笑う。

「諏訪です」

どこか誇らしげにいった。

「ほう、諏訪かね。いいところだねえ」

「おじさん、行ったこと、あるんですか」

「いや、ねえよ」

馬子が歯のない口をあけて、かかか、と笑う。

「そういっておきゃ、波風も立たないからねえ」

馬子が口を閉じる。もがもがとなにかを咀嚼するような様子を見せたあと、それで、といった。

「諏訪にはなにしに行きなさる」

おそのがはきはきと伝える。それを見る限り、疲労の色はほとんど感じ取れない。

馬子が目を丸くした。

「へえ、一緒になるための挨拶に出向くのかい。へえ、こちらのお方と」

馬子が重兵衛をじろじろと見る。

「いい男だねえ。それにお嫁さんは美形だ。似合いの二人だね」

ありがとうございます、とおそのが馬上で頭を下げる。

「そうかい、諏訪にね。そいつは楽しみだね。諏訪は初めてかい」

「ええ、そうです。今から楽しみです」

「そうだよなあ。亭主の故郷に行くなんて、晴れがましくて、一番気持ちが浮き立ってならないときだよなあ」

「はい、おじさんのおっしゃる通りです」

馬子が重兵衛に視線を流してきた。

「それにしても、ご亭主になるお方は何者だい。ふつうの町人かい」

重兵衛は正直に答えるべきなのか、少し迷った。元侍だったことはいわずにおくべきのような気がした。

「手習師匠ですよ」

「えっ、そうなのかい」

馬子がまじまじと見てくる。

「いわれてみりゃあ、そんな感じだなあ。うん、わかる、わかる」

馬子がしわを深めて、にたっとした笑みを見せた。

「手習子たちに、好かれているんじゃないのかね」

「ええ、とても好かれています。みんな、重兵衛さんのこと、大好きです」

「こちらは十兵衛さんというんだね」

おそのがまた重兵衛の了解を取ってから、どんな字を当てるのか、教えた。

「ほう、重兵衛さんか。よい名だね」

「おじさんもそう思いますか。実は私も同じなんです。誠実な人柄をあらわしている、これ以上ない名ですよね」

「まったくだねえ」

馬子はにこにこしながらうなずく。まるで娘か孫を見るようなやさしげな目だ。

「手習所はどこでしているんだい」

「白金村です」

おそのが、この名は誰もが知っているだろうという口調で告げた。

「白銀村かい」

馬子が首をひねり、思いだそうとする。

「あれ、ご存じじゃありませんか」

「すまないねえ」

おそのが、そうか、知られていないのか、と残念そうにつぶやく。気を取り直したように顔をあげ、白金村の字を伝え、どこにあるか説明した。

「ほう、品川の近くかい。じゃあ、海のそばってことだね」

「海のそばっていうほど近くはありませんけど、そんなに遠くもありません。潮の香りをはらんだ風もよく吹きますし」

「そいつはいいところだね」

「おじさん、品川は知っているんですね」

もちろんさ、と馬子が鼻の穴を馬のようにふくらませた。

「あそこは今も昔も遊び場として名が知られているからね。若い頃のわしらの憬れの的だったからさ」

「行ったこと、あるんですか」

「ああ、あるよ。若い頃、一度だけだが、遊びに行ったことがある」

「楽しかったですか」

「ああ、楽しかった。命の洗濯とは、まさにああいうのをいうんだろうねえ」

「重兵衛さんは、品川の旅籠でも手習師匠をしているんですよ」

「ほう、そいつはどういうことだい」

馬子が目に興味の色をくっきりとあらわす。

おそのが手短に、重兵衛が柳河屋《やながわや》の手習師匠になったいきさつを語った。

「へえ、旅籠の女将を助けた縁で、そんなことがはじまったんだ。代金、いや、束脩《そくしゅう》だっけ、けっこう弾んでくれているんじゃないのかい」

「ええ、おかげさまで」

これは重兵衛がいった。

「そうだろうね。儲《もう》かっている旅籠とか店は気前がいいからね。それにしても、よかったじゃないかね。情けは人のためならず、という言葉の意味が嚙み締めたようにわかるんじゃないのかね」

「ええ、その通りです」

「重兵衛さんは誰にでも親切だから、いつもめぐりめぐって人にかけた情けが自分に戻ってくるんですよ」

おそのが思い切り自慢してみせる。馬子がにこりとする。

「そいつはご馳走さま。しかし、そういう人柄だから、娘さんみたいないいお嫁さんに来てもらうことができたんだね」

「いいお嫁さんだなんて、うれしい」

おそのがはにかみのなかに、喜びを垣間見せる。

「とてもよいお嫁さんだ。わしがあと五十年、若かったら、重兵衛さんを叩きのめしてここでかっさらっているところだよ」

おそのが、ふふ、と笑い声を漏らす。

「残念ながらおじさんにはそんなこと、できないわ」

「どうしてだい」

「重兵衛さん、とても強いから」

えっ、と馬子が重兵衛を見つめてきた。

「そんなに強いのかい。がたいはいいけど、そんなに強そうに見えないがなあ。お師匠さん、剣術かなにかしているのかい」

「ええ、その通りです。剣術の達人なんです」

「やっぱりやっとうかい。手習師匠なのに、やっとうが強いなんてねえ」

「すごいの一語に尽きますよ」

「そうなのかい。それだったら腕前を見てみたいものだねえ。このあたりにも強いのがごろごろしているけど、あの連中といい勝負するのかな」

「多分、勝てる人、いないと思いますよ」

「おそのちゃん、それはいいすぎだ」

重兵衛はたしなめるようにいった。

「ごめんなさい」

「とにかく重兵衛さんは強い。そのことだけはまちがいないんだね」

はい、とおそのが菅笠を強く動かした。

「それだけ強いお師匠さんなら、手習子になめられるなんてこと、ないね」

「いや、それがそうでもないんです」

重兵衛は馬子にいった。

「重兵衛さん、やさしそうだものなあ。なかなか叱《しか》れないんじゃないのかね」

「必要なときはもちろん叱りますが、苦手ですね」

「うん、そんな感じだなあ。よく人柄が出ているよ」

馬子がおかしそうにひとしきり笑ったあと、表情を引き締めた。

「うちの村には手習師匠がいないんだ。子供がかわいそうでならないんだよ。重兵衛さん、来てくれないかな。住まなくともいいから、品川の旅籠と同じで、出張るって形でいいんだけど」

「なんて村ですか」

「北山村だよ」

馬子が誇らしげに答える。すぐに破顔した。

「重兵衛さん、冗談だ。真に受けなくていいよ。品川のそばから通うなんて、できることじゃないからね」

馬子が、煙草《たばこ》を吸ってもいいかね、ときいてきた。どうぞ、とおそのが答えた。

しばらく、たゆたう煙草の煙とともに重兵衛たちは街道を進んだ。だいぶ高い山が迫ってきている。見えている山並みの向こうに、甲斐国が広がっているはずだ。

多摩川が眼下に見えている。樹間を縫って、意外に広い河原がときに望めたりする。

「おや」

馬子が声を漏らした。

「今、悲鳴がきこえなかったかい。女の声みたいだったが」

重兵衛は目を大きく見ひらいた。近づきつつある山をぼんやりと眺めていたから、確信はないが、耳になにか届いたような気はしていた。

「どこだろう」

馬子がきょろきょろする。

「あそこじゃないですか」

おそのが馬上から指をさす。重兵衛は細くて白い指が指し示す方角を見た。

河原だ。ちょうど樹木が切れ、はっきりと眺めることができた。

女が数名の男に襲われているようだ。噂《うわさ》にきく雲助にやられているのか、と思ったが、襲っているのは二本差の侍たちだ。

「あれ、時世さんじゃないですか」

おととい、まめをつくってうずくまっていた女だ。重兵衛は目を凝らした。確かにおそののいう通りだ。紛れもなく時世である。

ここは、どんな理由があれ、見捨てるわけにはいかない。襲うなんていうのは、正しくない理由があるからに決まっている。手込めにしようとしているのかもしれない。

「おそのちゃん、ここを動くな」

馬子に目を移す。

「おそのちゃんを頼む」

「あ、ああ、まかしておきな」

その言葉が耳に届いたと同時に、重兵衛は地面を蹴った。できれば使いたくないが、相手が侍ならば、道中差が頼りになるかもしれない。

柄に鮫革《さめがわ》が巻かれた大事な道中差というわけではない。柄袋など、はなからしていない。道中差はすぐさま抜けるようになっている。

もともと柄袋は、雨や雪に濡れると柄の鮫革がぶよぶよになって使い物にならなくなるために、それをきらって柄にかぶせるものだ。紐で縛るためにすぐには取ることができず、刀を抜くのに時間がかかって、急を要するときに間に合わなくなるおそれがある。

重兵衛は斜面を滑り降りた。ざざっと大きな音が立ち、砂埃があがる。視野が閉ざされるような形になったが、すぐに風がさらってくれた。

河原に降り立った重兵衛は、時世が逃げ惑うのを見た。侍たちは刀を抜いているが、斬ろうとはしていない。

「早くよこせ」

そんな声がきこえた。時世からなにかを奪おうとしている。

重兵衛は、時世が懐になにかを大事に入れていたらしいのを思いだした。侍たちの的はそれなのか。

「待てっ」

あと十間ほどまで迫ったところで、重兵衛は大音声を発した。侍たちが高僧に一喝されたようにぴたりと動きをとめる。時世から目を離し、こちらを見た。

全部で五人の侍がいるのが知れた。全員が抜刀している。鈍い光を帯びた刀身が三振りほどあった。あれは、と重兵衛は思った。

時世がふらふらと駆けつつ、重兵衛のほうに体を向けた。短刀を手にしているが、刀が相手では赤子が山犬に立ち向かうも同然だろう。時世が、そこにいるのが重兵衛であることを認め、あっ、と口を動かした。安堵の色が瞳に映る。

肩から血を流していた。やはり斬られていたのだ。重兵衛が足を運びつつよくよく見ると、着物の色が変わっているのがわかった。すでにかなりの出血があるようだ。ふらふらしているのは、血を流しすぎたせいもあるのだろう。

重兵衛は侍たちのあいだをすり抜け、くるりと体を返して時世を守るように立った。

「なんだ、きさまは」

一人の侍ががらがら声でいう。目が血走っている。

「よってたかって一人のおなごを殺そうとしているのか」

重兵衛は道中差に手を置いている。五人の腕をさりげなく探ってみた。全員がそこそこ遣える程度だ。おととい会った浪人のような、すさまじい腕の者は一人としていない。

時世という武芸の心得がある女がいくら短刀を手にしているとはいえ、ここまで手こずる者たちだ。たいした腕ではないのは、最初からわかっていた。

いずれも身なりは貧しい者たちだが、浪人のような感じではない。だが、どこか着崩れている。れっきとした家中の侍でないのは、はっきりしていた。いったい何者なのか。

「邪魔立てする気か」

別の侍が吠える。

「そのつもりだ」

重兵衛は冷静に言葉にした。またちがう侍がずいと前に出てきた。

「旅の町人らしいが、俺たちは決して容赦はせぬぞ。とっとと去《い》ねば、怪我をせずにすむが、どうだ」

「去る気はない」

「馬鹿が」

五人がいっせいに刀を構え直した。風が殺気をはらみ、じわりと粘りけを帯びる。

街道のほうでちらりと人影が動いたのが、重兵衛の視野に入りこんだ。いても立ってもいられず、おそのが降りてこようとしているのだ。

「そこにいるんだ」

重兵衛は叫んだ。おそのの動きが、先ほどの侍たちと同様にぴたりととまる。

小さく息をついた重兵衛は、あらためて侍たちに視線を向けた。まだ道中差は抜いていない。

侍たちがじわじわと迫ってきている。いずれも目がつりあがり、唇を血が出そうなほど嚙み締めていた。本当に重兵衛を殺す気でいるのが知れた。

たあっ、と気合をかけて最も若い侍が飛びこんできた。若いといっても、二十代後半だろう。

「俺のうしろから離れぬように」

時世に告げて重兵衛は上から振りおろされた刀をかいくぐり、腹に拳を入れた。ぐにゃりとした感触が伝わった。

ぐっ、と息の詰まった声をだし、浪人が両膝を地面につく。目の前の顔を重兵衛は殴りつけた。顔がちぎれんばかりに曲がり、侍は横向きに倒れこんだ。

きさまっ。怒号して右側から別の侍が突っこんできた。どうりゃあ。こちらも刀を袈裟に振ってきた。

重兵衛はあっさりとかわし、顔に拳を見舞った。侍の顔が消え、代わって、力なく宙を蹴った両足が視野に入りこんできた。頭を打ったような、がつ、という音が耳を打った。確かめずとも、すでに気絶しているのがわかった。

それから立て続けに襲いかかってきた三人の侍を、重兵衛はすべて素手で料理した。数瞬後には五人の侍が河原に横たわっていた。うめき声をあげているのが三人、気を失っている者が二人。

五人全員が立ちあがれないのを確かめてから、重兵衛は時世を振り返った。しっかりとうしろにくっついており、手は重兵衛の着物をつかまんばかりだ。息がひどく荒い。肩の傷の血はいまだにとまっておらず、だらだらと流れ続けている。

ほかにも、両腕と太ももに何ヶ所か傷を負っているのに、重兵衛は気づいた。顔は蒼白で、今にもふらりと倒れそうだ。

「大丈夫ですか」

重兵衛はたずねた。だが、時世は答えない。口をひらくのも大儀そうだ。

このままでは死んでしまう。一刻も早く医者に診《み》せなければならない。

気ばかり焦る。気力がついに途切れたか、時世が目を閉じると同時に倒れそうになった。

時世どの、といって重兵衛はあわててその体を支えた。

肉置きは豊かで、骨の細い女といえどもかなり重い。だが、重兵衛は踏ん張り、時世の体を肩に担ぎあげた。

このまま街道に運ぶつもりでいる。そうすれば馬がいる。馬に乗せて次の宿場に運べば、医者に診せられるかもしれない。人けが少なく、寂しい甲州街道沿いといえども、村医者くらいはいるのではないか。

「重兵衛さん」

街道にあがると、おそのが駆けてきた。目に案じる色がある。

「お怪我はありませんか」

重兵衛は笑みを見せ、傷一つ負っておらぬ、と力強い声で伝えた。

「よかった」

おそのが大きな声でいい、足をゆるめた。それでも、もし馬子がそばにいなかったら、飛びついてきそうな勢いだった。おそのははにかんだような笑みを見せてほっと息をつき、体からそっと力を抜いた。

「心配をかけた。怒鳴ったりして悪かった」

「いえ、いいつけを破って私が勝手なことをしようとしたから」

そのけなげさに、重兵衛はまたも抱き締めたくなった。だが、今はそんな場合ではない。

そのことにおそのも気づいた。重兵衛の背中に気がかりそうな目を向ける。

「時世さん、大丈夫ですか」

「わからん。今は気を失っているだけだが、早く手当をしてやらぬと」

馬子も、重兵衛が運んできた時世の出血の多さにびっくりしている。

「血がひどいな。早く血どめをしてやらないと駄目だ」

その言葉をきいて、おそのが懐からきれいな手ぬぐいを取りだし、最も重い傷がある左肩に巻きはじめた。

重兵衛は自らの肩越しにそれを見たが、おそのは意外に冷静で、秀逸な手際を見せた。すぐに手ぬぐいを巻き終える。

「多分、これで血はとまると思います。重兵衛さん、急ぎましょう」

重兵衛はうなずき、時世を馬に乗せた。一瞬、目をあけたが、ぐったりしたままで、口をきけそうになかった。すぐに眠りに落ちるように目を閉じ、首を落とした。

死んでしまったのか、と一瞬、重兵衛は暗澹《あんたん》たる気持ちになったが、弱々しいものの呼吸の音がしている。

「腕のよい医者を知っているかい」

重兵衛は馬子にたずねた。

「ああ、一人。馬や牛なんかをもっぱらにしている医者だが、それだけに傷を治すのはとても上手だよ。もちろん、人も診てくれる。丈完《じょうかん》先生というんだが、そこでいいかな」

「もちろんだ。だが、あまり遠いのは困る」

「近いさ。ここから五町ばかり西だ。いいかい、その娘さん、しっかり押さえといてくれよ」

そのときには、すでに馬は動きはじめていた。老いぼれ馬だと思っていたが、走りはじめたら、これがけっこう早かった。なにが起きたのか、解しているとしか思えないすばらしい走りだ。

重兵衛は時世が転がり落ちないようにするのに、必死になった。

重兵衛の反対側にまわり、おそのも同じように時世を支えている。懸命な表情がいじらしい。

五町の距離が五里ほどに感じられた。今にも時世が死んでしまうのではないか。そんな思いに満たされ、すぐさま、そんなことはない、と心で否定するということがひたすら続いた。

ここだ、ここが丈完先生の診療所だという馬子の声が耳に飛びこんだときは、跳びあがりたくなるほどうれしかった。

馬子が、あけ放たれた戸口に顔を突っこみ、怒鳴った。

「先生、急患だ」

「どうした」

五十すぎと思える男が土間にいた。十徳《じっとく》を羽織って、坊主頭にしている。

「刀で斬られた。先生、診てくだせえ」

「刀でだと」

顔をしかめた丈完が外に出てきた。馬上の時世の様子を一瞬だけ見た。

「なかに運んでくれ。——由津《ゆづ》、湯の支度を頼む」

はい、となかから声がきこえた。時世を馬からおろした重兵衛たちが戸口を抜ける際、ちらりと目をやると、大きな瓶から水を汲みはじめた女がいた。丈完と同じくらいの歳だ。

重兵衛たちは丈完にいわれるままに時世を上にあげ、静かに布団の上に寝かせた。いつともしたのか、すでに二つの行灯に火が入っており、部屋全体をほんのりと照らしだしている。

「よし、あんたたちは出ていてくれ」

丈完がぴしゃりと板戸を閉める。時世の姿が瞬時に消えた。

ここまではできることはした。あとは丈完にまかせるしか、ほかに道はない。

きゃん、とかわいらしい鳴き声がした。見ると、縄でつながれた小さな犬がいて、つぶらな瞳で重兵衛たちを興味津々といった感じで見ていた。犬の前に水の入った小皿が置かれている。

不意に板戸があき、丈完が顔を見せた。

「由津、湯はまだか」

「はい、ただいま」

由津がたっぷりと湯の張られたたらいを軽々と持つ。手伝いましょうという前に、たらいが診療部屋に運びこまれた。すぐさま板戸が閉じられる。由津はそのまま診療部屋に残った。

重兵衛は一息ついた。馬子も汗をぬぐっている。おそのの息がひどく荒い。胸を手のひらで押さえている。

「大丈夫か」

「はい、へっちゃらです」

重兵衛はおそのの背中をさすった。

「水を持ってきてやろう」

馬子が台所にあった大ぶりの湯飲みを手にするや、外に出ていった。すぐさま井戸を動かす音がきこえてきた。音が途絶えるとほぼ同時に、馬子が戻ってきた。

「ほら、飲みな」

湯飲みを差しだしてきた。ありがとうございます、といっておそのが受け取る。

「いい水だから、冷たいよ。うまいよ。一気にいきなよ」

はい、とうなずいたおそのが口に当てた湯飲みを傾ける。白い喉がかすかに上下に動いている。顔はだいぶ日焼けしてきていたが、そこだけは元の色白さを残しており、ずいぶんとつやっぽく見えた。

「ああ、おいしい」

「生き返るだろう」

「はい、本当に」

実際、おそのの息はもとに戻りつつあった。

「もっと飲むかい」

「よろしいんですか」

「もちろんだ」

「では、手前が汲んできましょう」

重兵衛が申し出たが、いいんだよ、わしにまかせておきな、とうれしそうにいって馬子がまた外に出ていった。

すぐに、おそのは新たな水を胃の腑に注ぎこむことになった。

「ああ、本当においしい。冷たくて。重兵衛さんもお飲みになりますか」

「うん、もらおうかな」

「あまり入っていませんけど」

おそのが湯飲みをそっと手渡してきた。すまぬ、といって重兵衛は湯飲みを空にした。水はしみ渡るように冷たく、知らず息をつくほどにうまかった。

「こいつはすごい」

「ここの水は本当にいいんだ。先生もこの水があるから、自分みたいな藪《やぶ》でも医者をやっていられるというくらい、力のある水なんだよ」

水を飲んだことで、渇きが癒《いや》され、人心地つくことができた。あらためて丈完の診療所を重兵衛は見た。

診療所はふつうの百姓家とさして変わりなかった。戸口を入ると広い土間があり、そこは台所とつながっていた。上にあがる沓脱石《くつぬぎいし》があり、その先には囲炉裏《いろり》が切られており、自在鉤《じざいかぎ》が降りてきている。

その隣が診療部屋になっていた。今は板戸で閉ざされて見えないが、白い敷布が敷かれた厚みのある布団が、部屋のほとんどを占めていた。丈完が馬や牛を診るときは、往診に出るようだ。

「時世さん、大丈夫でしょうか」

おそのが両手を合わせ、祈るような顔でいう。足元に犬がじゃれついてきているが、おそのにかまう余裕はないようだ。

「無事を願おう。それしか俺たちにできることはない」

はい、とおそのが顎を引く。

「今の娘さん、どうして侍どもに襲われていたのかな。わけを知っているかい」

先ほど熊吉《くまきち》と名乗った馬子が重兵衛にきいてきた。

「いや、知りません」

熊吉が重兵衛をじろじろ見ている。

「しかし、おまえさん、本当に強かったねえ。こちらの娘さんの言葉に嘘はなかったというわけだ。手習師匠とのことだけど、元はお侍かい」

「ええ、まあ」

「やっぱり。今はご浪人かい。どうして侍をやめたんだい」

重兵衛には答えられない。

熊吉がにっと笑う。欠けた歯が見えた。

「すまなかったね。馬子の分際で、ずいぶん踏みこんだこと、きいちまった。田舎《いなか》もんは遠慮がなくてさ。悪かったね」

「いえ、かまいません。気にしないでください」

熊吉が外に出ていった。間を置くことなく、馬と一緒に戻ってきた。広い土間が一気に狭くなったように感じた。犬がうれしそうに馬の足をなめはじめた。馬は気持ちよさそうに目を細めている。

「こいつら、とても仲がいいんだ。わしの馬は縞次《しまじ》というんだが、いつもこうしてもらっちゃあ、喜んでいる。どうも疲れが飛ぶようなんだ。縞次にとっちゃあ、この犬の丈太《じょうた》こそがお医者みたいなものさね」

唐突に板戸があいた。丈完が顔をのぞかせる。

「重兵衛さんというのは、おまえさんか」

重兵衛を見つめていった。

「さようですが」

「患者が話をしたいといっている。来てくれるか」

重兵衛はおそのと熊吉にうなずいてみせてから、診療部屋に入った。

「わしらには出ていてほしいということだ」

丈完と由津が出てゆく。板戸が背後でそっと閉められた。

重兵衛は時世の枕元に正座した。掛布団がかけられた時世は目をあいていた。息がせわしい。顔に赤みは一切なく、青さだけが目立っている。布団から裸の肩がわずかにのぞいている。そこには晒《さら》しが巻かれていた。

「それを」

最後の力を振りしぼるように時世がいった。重兵衛は耳を近づけた。時世が根《こん》限りの努力をして顎を動かし、布団の横に置かれた、薄い油紙の包みを目で指し示した。

「届けてほしいのです」

息も絶え絶えにいう。

「どちらに」

「有山九左衛門《ありやまくざえもん》さまのお屋敷です」

時世によれば、二人いる甲府勤番支配のうちの一人だそうだ。

「有山さまご自身に、必ずじかに渡してください。お願いいたします」

懇願の表情だ。それを無視することなど、重兵衛にはできない。承知しました、と強い口調でいった。

「油紙の包みにはなにが」

「文です」

「その文を、時世さんを襲った者たちは奪おうとしていたのですね。時世さん、どうして手前にそんな大事な文を託すのです」

「人柄を拝見して、このお方ならまかせられると思いました。この文のことは誰にもいわないでくださいね」

「わかりました」

「懐にしまっていただけますか」

わかりました、ともう一度答えて、重兵衛は懐に入れてみせた。時世がいかにもほっとしたという笑みを漏らした。そのはかなげな感じに、重兵衛は胸を打たれた。

「時世さんは、有山さまに仕えているのですか」

「さようです」

「文にはなにが書かれているのですか」

時世が力ない笑みを浮かべる。それだけでも相当の力を要するようで、額に脂汗が浮いていた。

「たいしたことは書いてありません」

「しかし、あの侍たちは文を奪おうとしていたのでしょう。大事なことが記されているのではありませんか」

しかし、時世はなにも答えない。

「あの侍たちは何者なのです」

これにも時世は答えなかった。がくりと首を落としている。青白い顔がさらに色を失っている。

死んでしまったのか。

「丈完先生」

重兵衛が呼ぶと、板戸があき、丈完が部屋にするりと入りこんだ。時世の脈を見る。

「眠っているだけですね。だが、このままではとてももたんでしょう。いくらなんでも血を流しすぎました」

四半刻後、二度と目を覚ますことなく、時世は息を引き取った。じっと重兵衛は時世を見ていたが、ふと気づいたら呼吸をしなくなっていたのだ。

「ご臨終です」

丈完が厳かに告げた。

重兵衛はがばっと身を起こした。なんてことだ。ただ、呆然《ぼうぜん》とするしかなかった。これまで何度も人の死を目の当たりにしてきたが、やはり決して慣れることはない。今度もまたひどい悲しみに襲われた。体が震えてならない。

うしろからやわらかなものに覆われた。おそのがそっと抱き締めてくれている。母親に抱かれているような、あたたかな気持ちを重兵衛は感じた。安心の思いに心が満たされてゆく。

重兵衛は、肩に熱いものを覚えた。おそのは声を押し殺して泣いていた。重兵衛はおそのの頭をなでた。おそのが、時世さん、かわいそうといって号泣しはじめた。

重兵衛は黙っておそのの頭をなで続けた。


その後、丈完が駒木野宿の宿場役人に時世の一件を届けた。重兵衛は宿場役人の詰所に呼ばれ、事情をきかれることになった。

しかし、たまたま時世が正体不明の侍たちに襲われているところに行き合っただけで、なにも事情は知らない、と答えた。

時世の名を知っていたのは、一度、まめをつくって足をとめていたところに声をかけたからである旨を、重兵衛は説明した。

一つだけ、時世が甲府勤番支配の有山九左衛門に仕えているのではないか、ということは伝えた。これは隠すようなことではないと思えた。

しかし、時世から文を託されたことは知らせなかった。

馬子の言もあって、重兵衛は五人の侍たちに襲われていた時世を助けに入っただけで、本当になにも知らないことが明かされた。すぐに詰所からだされた。

外でおそのが待っていた。心細そうな顔をしていた。重兵衛が出てきたのを見ると、ほっとして駆け寄ってきた。

重兵衛はおそのの肩をやさしく抱いた。

「待たせてすまなかった」

「いえ」

見あげる目が濡れている。いとおしさが泉のようにこみあげてきた。

二人は甲州街道を再び歩きはじめた。重兵衛は、時世から文を預かったことをおそのに告げた。

おそのはさすがに驚いたが、すぐに立ち直った。

「時世さんはその文をあの侍たちに狙われたのですか」

「はっきりとはわからぬが、それが一番考えやすい」

「なにが記されているか、時世さんは教えてくれましたか」

「いや、きいたが、話してはくれなかった」

「重兵衛さんには、文を読んでみようという気はないのですね」

重兵衛は微笑した。

「本音をいえば読んでみたい。だが、それをしてしまったら、文を託した時世さんの期待を裏切ることになる」

おそのがにこりとした。

「それでこそ重兵衛さんです」

「寄り道することになるが、甲府勤番支配の屋敷を訪ねても、かまわぬかな」

「もちろんです」

おそのが力強くうなずく。

「文を持っていることで、危ない目に遭うかもしれません。しかし、それを恐れて、もし文を届けることを断るようでは、重兵衛さんではありません」

すぐにおそのが言葉を続ける。

「もっとも、重兵衛さんが断ったとしたら、それは私のためでしょうけど」

三

結局、その日は駒木野宿に宿を取った。

宿は霜田屋《しもだや》といった。あまり大きな旅籠ではない。

駒木野宿自体、七十三軒しかない宿場で、宿も本陣と脇本陣が一軒ずつ、旅籠が十二軒あるにすぎない。

駒木野宿は、この地に関所が設けられているためにあるような宿場である、と昔、参勤交代でこの地に泊まったとき、重兵衛は耳にした覚えがある。

戦国の昔、関所はこの先の小仏峠にあったが、のちに関東を支配した北条家が峠の麓に置き直した。北条家の滅亡後、関東のあるじとなった徳川家が元和二年（一六一六）に、さらにここ駒木野に関所を移した。

そのために、小仏関所という呼び名だけが残ったようだ。駒木野関所というのが正式の呼び名だときいている。

旅籠の部屋は二階だった。南側の部屋で、障子をあけると、なだらかな山が眺められた。高さはたいしたことがなく、せいぜい二百丈ばかりだろう。

「あの山はなんというんですか」

重兵衛に肩を並べるようにして、おそのがきいてきた。

「高尾山だな」

「ああ、あれが」

「知っているのかい」

「もともと、修験の山として有名な山ですから。江戸の人たちの信仰がとても厚い山でもありますよ」

なるほど、と重兵衛は相づちを打った。

「あの山には、薬王院《やくおういん》さんというお寺さんがあるんです。天平十六年（七四四）にひらかれたといいますから、ひじょうに古いお寺さんですね」

「今から千百年以上も前か。そいつはすごいな。奈良に都が置かれていたときだ」

「なんでも聖武《しょうむ》天皇がお命じになって、建てられたときいています」

「勅願寺か。開基したのは誰だろう」

「行基《ぎょうき》上人だそうです」

聖武天皇によって大僧正となった僧侶である。上方に四十九もの寺院を建てたことで名がある。ほかにも、橋やため池、堀、湊《みなと》もつくったりしている。

聖武天皇が奈良に、誰も目にしたことのない大仏をつくろうと考えられたとき、行基は全国を行脚し、各地の民に寄付を募ってまわった。行基が集めた金は大仏建立のために、大きな力となった。

もっとも、行基は大仏開眼供養を目の当たりにすることなく、その三年前に八十二歳でこの世を去っている。

旅に入って三日目のこの日、重兵衛とおそのはゆっくりと体を休めた。早めに就寝し、明日の小仏峠越えに備えた。

翌朝、昨日と同じように六つすぎに霜田屋を出た。昨日は曇り空だったが、今日も似たようなものだ。

だが、雨が降りそうな気配はほとんど感じられない。雨のにおいはまったくしてこないし、雲が薄いのか、空はどこか抜けるように明るかった。

重兵衛はおそのに体の具合をきいた。

「はい、昨日一日、ゆっくりしたおかげで、ずいぶんと軽く感じられます」

そういうふうにいうことで、無理に自分を励まそうとしているわけではない。やや日焼けしている顔色は悪くない。若い娘らしいつややかさを取り戻していた。

よかった、と重兵衛は思った。昨日は時世のことがあったとはいえ、ほとんど前に進まなかった。

八王子宿から駒木野宿へ行っただけだから、二里も歩いていないにちがいない。その甲斐があったというものだろう。

しかし、時世を医者の丈完の診療所に運ぶとき、おそのは重兵衛とともに必死に駆けている。あれが気持ちの上でもこたえていないはずがなかったが、大丈夫そうなところを見ると、これもおそのの若さというところだろうか。

一見して本陣、脇本陣とわかる宿をすぎると、橋があり、それを渡ると小仏関所が待ち構えていた。ぐるりを取り囲んだ竹矢来がいかめしい。この関所は甲州街道のなかで最も堅固な関所といわれているらしいが、それもうなずける感じがした。

以前、重兵衛が白金村から諏訪に向かった際もこの関所を通ったが、そのときは刻限が早いこともあり、関所があくのを待つ者が何人かいた。だが、今日は誰もいない。

関所は明け六つにひらいて暮れ六つに閉じるが、今は六つ半頃だろう。往来する者が少ないこともあり、待っていた者たちはとっくに通り抜けていったのだろう。

この関所は江戸から出るときは、道中手形は不要である。江戸に帰るときは男女ともに必要となっている。

重兵衛とおそのは、村名主である田左衛門が発行した手形を所持しているが、のぼりということもあり、今回は見せる必要がなかった。

小仏関所は四人の関守がいて、それが常番として関所の近くに屋敷を構えているそうだ。れっきとした旗本で、二百石程度の禄高をいただいているという。

以前は八王子千人同心が関守をつとめていたらしいが、寛永十八年（一六四一）から川村、落合、佐藤、小野崎の四家が関所番として常駐をはじめたようだ。

関所はなにごともなく抜けた。おそのはそのあっけなさに、拍子抜けしていた。

「関守たちはここでもう二百年以上、代々暮らしているからな。近在の者とは顔見知りだろう。そういう者たちが行きかうのにも、便宜を図っているようだ。甲州街道で最も堅固な関所といっても、昔とくらべたらずいぶんとゆるくなっているにちがいない」

「天下太平の時代が長く続いたということですね」

そういうことだ、と重兵衛はいった。

「おや」

知らず声を漏らしていた。

る。

「熊吉さんじゃないか」

「やあ」

しわ深い顔にさらにしわを刻んで、にこやかに手を振ってきた。欠けた歯がのぞいている。

昨日、世話になった馬子が関所を抜けたすぐそばの街道脇に、馬の縞次とともに立っていた。重兵衛たちを認め、縞次が前足をかき、うれしそうに嗚いた。しきりに首を振っている。

「あんたたちを乗せてあげようと思って、朝早くから待っていたんだよ。しかし、ずいぶんとゆっくりしていたもんだなあ。待ちくたびれたよ」

「すみません」

これはおそのが謝った。

「重兵衛さんはもっと早く出たかったと思うんですけど、私のことを考えてくれて」

「ああ、いや、責めているわけじゃないんだよ。ようやく会えてうれしくて、軽口を叩いただけなんだから」

おそのが縞次の顔をなで、長い首をやさしくさする。縞次が首を動かし、おそのに甘える仕草をする。

「こいつはけっこう気むずかしくて、なつくなんて滅多にないんだけど、おそのちゃん、あんた、すごいね」

「生き物には、ちっちゃい頃からどうしてか好かれるんです」

「熊吉さん、乗せてくれるというのは」

重兵衛がいうと、熊吉が破顔した。

「今日、代をもらおうなんて思わないよ。昨日、気前よく酒代をはずんでくれたから、そのお礼みたいなもんさ」

熊吉が縞次の頭を叩く。

「こいつが重兵衛さんとおそのちゃんに会いたいって、ひどくねだったのが、一番大きな理由だがね」

熊吉が首をねじって街道を仰ぎ見る。

「ここからは甲州街道一の難所だからね。おそのちゃんを乗せなきゃ、男がすたるってもんだよ。縞次も張り切っているよ。この峠はお客を乗せて、数え切れないほどのぼりくだりを繰り返したもんさ。慣れた道だ、なんの心配もいらない」

重兵衛としても、できれば峠越えには馬か駕籠を頼みたかった。気心の知れた熊吉と縞次なら、とてもありがたかった。

「本当にお言葉に甘えてもかまわないのですか」

「当たり前だよ」

熊吉が自らの胸をどんと叩いた。

「まかせておきなよ」

ありがとうございます、と頭を下げ、菅笠を頭にかぶったまま、おそのが馬上の人になった。

「しっかり手綱を握っていてくれよ」

熊吉の合図の直後、縞次がゆっくりと動きはじめた。

道はだらだらとのぼっている。進むほどに山が迫ってくる。

街道は小さな宿場に入った。

「ここは小仏宿だよ。旅籠は全部で十一軒。こんなちっちゃい宿場だから、もちろん本陣も脇本陣もないよ。せっかく小仏峠をくだってきたのに、関所がもう閉まってることがあるからね。そういう人たちのための宿場といっていいね」

「抜け道を行ったりする人は、いないんですか」

縞次の上からおそのがきいた。

「今は滅多にいないねえ。もしばれてつかまったら、関所破りってことで、磔《はりつけ》にされちまうからねえ」

　とぼとぼと歩きつつ熊吉がいう。

「この街道はなにしろ往来が少ないし、関所破りを商売にしている者の話もまったくきかないなあ。箱根あたりでは、関所破りを生業にしている者がいるってきいたことがあるけど、本当かな」

「おそらく本当でしょう」

「重兵衛さん、世話になったことがあるんじゃないのかい」

「ありませんよ」

　重兵衛は笑って否定した。

「手前は、まだ東海道を歩いたことはありませんから」

「ふーん、そうか。となると、京の都にも行ったことがないんだね」

「ええ、ありません」

「おそのちゃんは」

「私もありません。熊吉さんは行ったこと、あるんですか」

「自慢じゃないが、一度もない。わしはこの峠をのぼりくだりして、縞次とともにくたばるように定められているんだよ」

小仏宿をすぎると、道は急に薄暗くなってきた。山に入り、樹木が上から覆いかぶさるように茂っているのだ。汗ばんだ体に、ひんやりとした大気が心地よい。鮮やかに汗が引いてゆく。

途中、水飲み場が設けられており、重兵衛たちはそこで渇きを癒した。縞次も、鍋のようにうがたれた石にためられている水に顔を突っこみ、豪快に飲んだ。

「この石は街道を行く馬のためのものなんだよ。いつつくられたのか知らないが、昔の人はやさしいよなあ」

それは重兵衛も同感だ。おそのも深くうなずいている。

さらに道はのぼりが延々と続く。左側に川が流れ、せせらぎが耳に届く。水はいかにも清冽そうで、手で汲んでがばっと頭にかぶりたくなる。

木々がもっと深くなり、よく伸びた草が生い茂っている。道はくねくねとし、峠には永久に着かないのではないか、と思えるほどだ。さすがに足にこたえてきている。太ももがあがりにくくなっていた。

このくらいでへたばるなんて、どうかしているぞ。重兵衛は自らを叱咤したが、足の疲れがそれで取れるようなことはなかった。

あまり人にはいわれることはないが、重兵衛はもともと見栄っ張りな性格である。だから、疲労していることをおそのや熊吉に知られたくなかった。内心では歯を食いしばって耐えているが、表では平気な顔をして足を運んでいた。

しかし、前に歩いたときは、こんなにきつくはなかった。あのときは命を狙われているという緊張があったからかもしれないが、やはり体がなまっているのが一番、大きいのだろう。

手習師匠を長くつとめてその暮らしに慣れ、侍の頃とはくらべものにならないほど鍛錬をしていない。ときおり思いだしたように刀を振るくらいだ。

「もうじきだよ」

重兵衛の疲れを見抜いたように熊吉が声をかけてきた。

「重兵衛さん、終わりのないのぼり道は一つもないってことさ」

熊吉の声が終わるとほぼ同時に、道は平坦になった。ここが峠の頂とのことだ。いつしか重い感じの雲が空をすっぽりと包んでいる。太陽は雲に隠れて見えないが、あたりの明るさはこれまでと明らかにちがう。木々が頭上を覆っていないのだ。

重兵衛はあまりのきつさにへたりこみたかったが、ぐっとこらえた。

「重兵衛さん、さすがだねえ。ここまで来たら、やれやれとばかりにしゃがみこんでしまう者が多いんだけどね」

縞次をとめた熊吉がいった。

「正直いえば、そうしたいんですよ」

ひゃっひゃっと熊吉が笑う。

「意外に見栄っ張りなんだね」

峠の高さは、百八十丈あるかないかくらいだと熊吉が教えてくれた。頂上には、地蔵が立ち、庚申《こうしん》が祀《まつ》られている。

「ここはもともと、奈良に都が置かれていたときの高僧の行基上人が祠を建て、小さな仏像を安置したことが、名の由来となったんだよ」

「ああ、ここも行基上人ですか」

「ここも。ああ、高尾山の薬王院さんを行基上人が建てたことを知っているのか。じゃあ、物知りついでにもう一つ教えてあげようか。この峠が武蔵国と相模国《さがみのくに》との国境になっているんだよ」

そのことを重兵衛は知っていた。だが、おそのは初耳だったようだ。

「えっ、この先は甲斐国ではないのですか」

「うん、相模国なんだよ。もっとも、少し横切るだけで、すぐに甲斐国に入っちまうんだけどね」

ここから先、道はずっとくだりとのことだ。

「ついでだから、下まで送ってゆくよ」

熊吉がさも当然という顔でいった。

「しかし」

「なに、遠慮はいらないさ。くだりっていうのは、意外に足にこたえるもんだ。ここでおそのちゃんをおろしちまったら、わしは死ぬまで後悔しちまうなあ」

「それはいくらなんでも大袈裟です」

「そんなことはないよ。小さいことがいつまでも心に引っかかって仕方ないってことって、誰にでもあるだろう」

そうですね、とおそのがうなずく。

「かたじけない」

重兵衛は頭を下げた。おっ、と熊吉が目をみはり、にやりとする。

「まだ侍が抜けきってはいないようだね」

恥じ入って重兵衛は鬢をかいた。

「まあ、そりゃ無理もないだろうさ。重兵衛さんはわしにくらべたら小僧っ子みたいなもんだが、生まれたときから侍だったんだから、すぐには抜けんわな」

重兵衛たちは峠でしばらく休息を取った。

おそのは縞次から降りている。峠は少し広くなっており、そこからの眺望を楽しんでいる。ただ、木々にさえぎられているせいで、息をのむほどにすばらしい光景というわけにはいかない。

「ここは、昔は富士見の関といったくらいで、晴れてれば絶景の富士山が見えるんだけど、今日はあいにくの天気だなあ」

熊吉がいかにも残念そうにいう。

しかし、風がよく吹き抜けており、それがうっとりするほど気持ちよい。

「ここは夜盗や山賊の類が昔から多いところでね。今でも夜、越えるのは無謀だろうね。追《お》い剝《は》ぎの話はけっこうきくし、なにをされるかわからないよ。急いで江戸に戻ろうとする、くだりの人のほうが夜、この峠を抜けようとするらしくて、よく身ぐるみ剝がされたりしているようだね」

熊吉が重兵衛を見る。

「もっとも、重兵衛さんほどの腕があれば、心配はいらないなあ。山賊のほうが、こてんこてんに返り討ちにされちまうだろうから。ちょっと気の毒になっちまう」

熊吉が曲がりかけた背筋を思い切り伸ばす。

「よし、そろそろ行こうかね」

十分に汗が引ききったのを見計らって熊吉の声がかかり、おそのが再び馬上の人になった。熊吉が綱を引く前に、縞次がそっと動きだした。

くだり道も木々が鬱蒼としていた。仮に陽射しがあったとしても、薄暗さが常に漂っている場所にちがいない。

道は勢いをつけるかのようにぐんぐんとくだっている。歩いていて気持ちがいい。おそのも心地よさそうに揺られている。眼下には相模川の流れが望める。

結局、熊吉は小仏峠の西側に位置する小原《おはら》宿の入口まで送ってくれた。

「ありがとうございました」

重兵衛とおそのは心から礼をいった。酒代をやろうとしたが、熊吉はきっぱりと拒絶した。

「ここでもらっちまったら、押し売りも同然だからね」

「気持ちですから」

「いや、受け取るわけにはいかねえ」

ここで押し問答を続けるのもはばかられ、重兵衛は心付けを引っこめた。

「それでいいよ。——これから、わしとこいつは温泉に浸かりに行くんだ」

「近くにあるのですか」

甲斐国や信州にはいくらでも温泉はわいているが、このあたりで温泉というのは、きいたことがない。

「美女谷という、いかにも色っぽい土地に温泉がわいているんだよ」

甲州街道から十町ほど山のなかに入ったところだそうだ。なんでも、小栗判官《おぐりほうがん》の妻で、
絶世の美女と謳われた照手姫《てるてひめ》が生まれた地らしく、そこから美女谷の名がついたらしい。

「照手姫はとてもやさしい人だったらしいけど、その人柄を映じたような湯だよ。江戸へ
帰るとき、余裕があれば寄ってみればいい。疲れがすっきり取れるからね」

熊吉が別れがたそうな縞次をうながし、甲州街道を戻ってゆく。縞次がおそのと別れた
くないというように、足を踏ん張る。

「早く動くんだ。これまでも別れは幾度も乗り越えてきたじゃねえか」

その言葉に納得したわけでもあるまいが、縞次が動きだす。

「ありがとうございました」

おそのが大声で礼をいった。熊吉が振り返り、大きく手を振った。縞次も首をねじ曲げ
て、こちらに顔を向けてきた。

おそのが手を振り返す。重兵衛もおそのにならった。

やがて道が曲がり、熊吉と縞次の姿は樹間に消えた。

「ああ、いなくなっちゃった」

おそのの目には涙がにじんでいる。重兵衛も泣いてこそいないが、その気持ちはよくわかった。

「いい人たちだったな」

重兵衛は縞次も含めて二人のことをいった。

「はい、本当に。また会えるかしら」

「うん、きっと会えるさ」

「そうですよね」

おそのが目尻の涙を指先でぬぐった。

「よし、おそのちゃん、行こう」

はい、という声とともに笑顔になったおそのが歩きだす。歩調が軽やかで、いかにも元気がいい。

小原宿は閑散としていた。ここも駒木野宿と同じく、本陣と脇本陣が一軒ずつあるようだが、宿場としては相当小さく、旅籠は七軒しかない。

ただ、唯一の本陣はかなり大きく、立派だった。本陣の前にある、『甲州街道小原宿本陣』と刻まれた、だるまのような形をした石標《いししるべ》に見覚えがあり、一度、参勤交代で江戸に出るとき、この本陣に泊まったことがあるのを、重兵衛はなつかしく思いだした。

江戸から十六里という距離にあるようだが、小仏峠を越えてきた身には、もっとあるのではないかと思えた。しかし、その当時はもっと楽々と越えていた。やはり体を鍛え直さねば、と思う。

小原宿をすぎてしばらくしたとき、いきなり殺気に重兵衛は包みこまれた。うしろから放たれたものだ。

なに。重兵衛はさりげなく背後を振り向いた。しかし、誰もこちらを見ている者はいない。だが、樹間に隠れられたら、こちらにはなすすべがない。確かめに戻るわけにはいかなかった。

あるいはこれを狙っている者たちか。重兵衛は懐に手を置いた。そこには、ややかたい感触がある。

しかし、自分が文を持っていることを、やつらはどうやって知ったのか。いや、たやすいことか。

医者の丈完の診療所に傷ついた時世が運びこまれたと知れば、丈完を脅してききだし、文を重兵衛に託したのではないか、という推測は、誰にでもできることだろう。

今のは、やはりやつらなのか。だが、ここはどうすることもできない。重兵衛たちはそのまま前に進んだ。

もしや、またあの浪人がやくざ者を相手にしているのか。そんなことを思って、重兵衛はあたりをうかがってみた。だが、そんな気配も感じられない。

「どうされました」

斜めうしろを歩くおそのがきいてきた。

「重兵衛さん、なにか落ち着かないご様子ですね」

「うん、ちょっとな。殺気を感じたんだ」

ごまかしてもしようがない。おそのにはすべて正直に告げると決めている。

「えっ」

おそのがこわごわと振り向く。緑深い道が続いている。襲うには格好の場所かもしれなかった。あるいは、難所の小仏峠を越えてほっとしているところを、狙おうとしていたのかもしれない。

「時世さんの文を奪おうとしている者たちでしょうか」

「かもしれぬ」

重兵衛のなかでは、今ではそれしか考えられなくなっている。

背後だけでなく、前にも注意を払って重兵衛は進んだ。おそのがどこを歩いているか、常につかめるようにしている。もしあの侍どもが襲ってきたら、すぐにかばえる位置に立つ必要があった。

その位置を取ってしまえば、あの侍たちの腕からして、もう心配はいらない。返り討ちにできるだろう。

少し怖いのは飛び道具だ。鉄砲を用意していなくとも、弓矢くらいはあるかもしれない。だが、それもさして案じることはあるまい。やはり腕は知れている。

重兵衛たちは甲州街道を西へ歩き続けた。

道は与瀬《よせ》宿に入った。

ここも本陣と脇本陣が一軒ずつある宿場である。ここの本陣はひじょうに大きく、重兵衛はなかに入ったことはないが、五層のつくりになっているらしい。

本陣をすぎると、街道はすぐに右に曲がる。正面に立派な鳥居が立っているのに気づく。あれは与瀬神社だ。鳥居は二の鳥居である。急な階段があり、拝殿のほうへとつながっている。

「あら」

おそのが階段をじっと見る。重兵衛もそのときには気づいていた。

階段をすたすたと降りてくるのは、七人のやくざ者を叩きのめし、金を奪った浪人者である。

浪人も重兵衛たちをとうに認めていたようだ。よお、と親しげにいって右手を掲げた。歩み寄ってくる。

「よく会うなあ。俺たち、なにか縁があるのとちがうか」

むっ。重兵衛は顔をしかめかけた。浪人から、むせ返るような血のにおいが漂ってきているのだ。おそのはどうだろうか。ちらりと見たが、別段、血のにおいに気づいていない様子だ。ただ、この浪人を少し怖がっているのはまちがいなかった。

となると、これは血のにおいではなく、浪人の体が醸しだしている気のようなものか。この男のこれまでの人生が見えたような気がした。きっと血にまみれているにちがいない。

この前に一度会ったとき、もう二度と会いたくないと思ったのは、重兵衛の心よりも肌のほうがそのことを先に察したからか。

しかし、この前会ったときより今日のほうが血のにおいが濃く感じられるのは、どういうわけか。

重兵衛は、その理由をすぐさま覚った。この男は今、人を斬ったばかりなのではないか。そう思って見ると、わずかな昂ぶりが顔に出ているのが伝わってきた。

いくら冷酷な男でも、やはり人を殺すというのは、そうたやすいことではないのだ。どうしても血がたぎるのだろう。

「なんだ、なにをじろじろ見ているんだ」

浪人が重兵衛を咎めるように言葉を発した。頭を傾け、鬢をがりがりとかく。

「なんだ、わかっちまったか。さすがにあんた、できるよなあ」

おそのがなんのことだろう、という顔をしている。

浪人がおそのに近づく。おそのがあわてて重兵衛のうしろにまわりこんだ。

「なんだい、どういうことなのか、耳にささやいてやろうと思ったのに。ききたくないのかい」

「けっこうです」

浪人が口をひん曲げる。

「なんだい、ずいぶんときらわれちまったもんだなあ。俺はこれまでもてる男だと思っていたのに、その自信ががらがらと音を立てて崩れてゆくぜ」

浪人が重兵衛の前に立った。顔をなめるように見る。

「今な、人を殺してきたんだ」

重兵衛の肩越しにおそのをのぞきこみ、さも蕎麦切りを食べてきたかのようにあっさりといった。

おそのの顔がこわばったのが、雰囲気で知れた。

「誰を殺したか、知りたいか。知りたいだろうな。殺しをもっぱらの職にしている者だよ。これまで叩きのめして金を奪ったやくざ者は数知れないが、きっとそのうちの誰かが依頼したにちがいない」

浪人が肩をすくめる。

「殺しをもっぱらにする者を頼むなら、もう少し腕が立つのにすればよいものを、金を惜しむから、凄腕《すごうで》が来ないんだ。とはいっても、さすがにこたびはこいつを使わせてもらったがね」

浪人が業物と思える刀の柄を叩く。

「うしろをずっとついてきてうっとうしかったから、この神社に誘いこんだんだ。誘われたと知って、あの野郎、いきなり刀を抜いて斬りかかってきたんだ。もっとも、それをかわして、袈裟斬りの一撃で沈めてやったよ。なかなか気持ちよかったな」

浪人が歩きはじめる。重兵衛たちは立ちどまったままだ。

浪人が足をとめる。

「なんだ、一緒に行かないのか。本当にずいぶんときらわれちまったもんだ。旅は道連れが楽しいのにな。きらわれたといえば、ここの神官にもきらわれちまったな。神聖な境内を血で汚すことになっちまったから。もちろん、後始末のための金は払ってきたぞ。まったくえらい費えだ」

もっとも、といって浪人がにやりと口を曲げて笑う。

「その金はこの前、やくざ者から奪った金だけどな。一部始終を神官は見ていたから、俺が罪に問われることはまずあるまい」

浪人が大きく息を入れ、空を仰ぎ見た。

「今日は涼しくていいな。陽射しがないと助かる。どうも俺は小さい頃から太陽が苦手でな。まぶしすぎるんだ。ところで、あんた、名はなんていうんだ」

重兵衛に名乗る気はない。

「ふん、教えるつもりはないか。とことんきらわれたものだ。いや、俺が名乗らぬから、いわぬだけか。俺は永岡啓二郎《ながおかけいじろう》という。おぬしは」

重兵衛は口を引き結んだままだ。

「なんだ、けちな男だな。金払いも悪いのとちがうのか」

ふん、と鼻を鳴らして浪人がすたすたと歩きだす。

「だが、名なしさんよ、また会うかもしれんな」

振り返ることなく、重兵衛たちにいった。またな、と手をあげてきた。重兵衛たちは応えなかった。

どんどん遠ざかって、浪人の姿は見えなくなった。さすがにほっとする。じっとりと粘る汗が背中に貼りついている。

いったい何者なのか。

会いたくはないが、やはりまた会ってしまうのではないか。

まさかあの永岡啓二郎という男とやり合うことになるのではないか。

新たな汗が背中に浮いたのが、はっきりと知れた。

第三章

一

安らかな寝息がきこえてこない。

これまでとちがう。

「眠れないのか」

重兵衛は衝立越しに静かな声を放った。

「……はい」

ささやくような声が返ってくる。

「今日、会ったあのご浪人の目が忘れられなくて」

おそのが布団から起きあがる音がした。

「あの」

すでに行灯は消しており、闇に消え入りそうな声である。

「なんだい」

しばらく沈黙があった。部屋のなかは完全な闇というわけではなく、どこからか光が忍びこんできている。闇に目が慣れたこともあるが、天井がうっすらと見えているのが、その証《あかし》だろう。

真の闇というのを重兵衛は経験したことがあるが、どんなに目が慣れていても、顔の前にかざした手はまったく見えない。

「そちらに」

言葉が途切れた。

「そちらに行ってもよろしいですか」

思い切ったように告げてきた。

重兵衛の胸は高鳴った。どくん、どくん、と激しく打つ胸の鼓動が耳のなかに入りこんできたかのように、きこえてくる。

「か、かまわぬが」

情けないことに声がうわずった。

「重兵衛さん、なにもしないと誓ってくれますか」

そうか、そういうことか。一人では怖くて眠れない、そういうことなのだ。

少し気が楽になった。だが、一緒の布団で横になって、本当になにもしないでいられるのか。

なにもせぬ。重兵衛はかたく心に決めた。そこから先は、おそのがいったように一緒になってからだ。それまで待てばよい。おそのは逃げていきはしない。

「なにもせぬ。誓う」

安堵の気配が闇を伝わってきた。おそのが衝立をまわりこみ、重兵衛の枕元にやってきた。

重兵衛は布団の上にあぐらをかいていたが、すぐさま横になり、おそのに自らのかたわらを指さした。

「ここに」

はい、とうなずいておそのが重兵衛のそばに横たわる。いい香りがして、重兵衛は頭がくらくらした。

おそのを抱き締めたくなる。だが、そうしてしまうと、頭に血がのぼり、おそのがほしくなって、自分を抑えることができないのではないか。そのことが重兵衛は怖かった。

おそのは今、抱かれたくてここに来たわけではない。あの浪人のことが怖くてしようがないのだ。

それなら自分にできることは一つだけだ。やさしく頭をなで、背中をさすってやればいい。

おそのが身じろぎし、重兵衛の胸に頭をのせてきた。またも甘い香りが漂い、重兵衛は惑乱しそうになった。意志の力でなんとかその思いを抑えこむ。

男というのは、たいへんだ。そのことを重兵衛は思い知った。

重兵衛はおそのの肩を抱いた。

「こうしていると、とても安心します」

おそのが安堵の息をついていう。

「ずっとこうしていたい」

「おそのちゃん、ずっとこうしていよう。俺はおそのちゃんが眠るのを見守っているよ」

「うれしい」

おそのが顔をあげてほほえむ。

「一緒にいるのが自然な人とこういうふうにいられるのは、とても幸せです」

すぐに寝息がきこえてきた。安らかだ。

心の底からおそのが安心しているのがわかり、重兵衛は誇らしい気持ちになった。おそのをこれだけ安心させられるのは、この世で自分しかいないのだ。

重兵衛は目を閉じた。胸の上の重みが心地よい。あたたかさがじんわりと伝わってくる。いつしか重兵衛も眠りに引きこまれそうになっていた。

文はどこにあったか。

眠りの海に船を乗りだす直前、重兵衛はそんなことを思った。

ああ、そうだ。枕の下に置いた。今は誰も触ることができない。

安堵の思いが心を満たし、重兵衛は眠りに落ちた。


頭のなかで響いている。

激しく鐘が鳴らされていた。

これは以前にも耳にしたことがある。やはり旅籠においてだった。

いったいいつ、どうして、耳にしたのだったか。

はっとして、重兵衛は目を覚ました。胸に重みがかかっている。

おそのは変わらずに、すやすやと眠っていた。この音がきこえていないのか。もしや俺の耳にだけ届いているのか。俺はまだ夢のなかにいるのか。

いや、そんなことはない。おそのはそれだけ深い眠りの海をたゆたっているのだ。これまでにたまった旅の疲れを、重兵衛の胸の上ですべて吐きだそうとしていた。

重兵衛の耳を打っているのは半鐘である。音と音のあいだがほとんどない。乱打されているといっていい。火事は近いのだ。

「おそのちゃん、起きろ」

重兵衛はおそのの肩を揺さぶった。しかしおそのは目を覚まさない。重兵衛はおそのの頬を軽く叩いた。それでも駄目で、今度は強く叩いてみた。

うーん、とつぶやくようにいって、おそのが顔をあげた。目がとろんとして、まだ寝ぼけている感じだ。夢とうつつの区別がついていない。

「おそのちゃん、わかるか。重兵衛だ」

「――重兵衛さん」

おそのが今どこにいるか、ようやく解した。

「あっ、私、重兵衛さんの上で寝ちゃった」

「それはいいんだが、おそのちゃん、どうやら火事のようだ」

えっ、とおそのが耳を澄ませるような仕草をする。

「半鐘ですね」

「しかも、この打ち方は近いぞ」

起きようというと、はい、とおそのが答え、すぐさま衝立の向こう側に移った。衣擦《きぬず》れの音がしてきた。

部屋のなかは行灯が灯されているわけではないが、やはりほのかに明るい。近くに常夜灯があり、その明かりがもぐりこんできているのかもしれない。ずっと眠っていて闇に慣れた目には十分な明るさだ。

重兵衛は荷物を手早くまとめた。枕の下に置いていた油紙の包みを懐に大事にしまいこむ。これだけは、なにをおいても肌身離さずにいなければならない。

重兵衛たちの部屋は二階だが、すでに下から騒ぎがきこえてきている。内庭のほうから、怒鳴り声が轟く。

水だ、早く、水を持ってこい。消せっ、早く消すんだ。あわてるな、落ち着いて動くんだ。燃え広がらないうちに、客を外にだせ。早くしろ。

そんな声が次々に耳に入ってくる。

街道のほうでは、大勢の野次馬も集まってきているようで、わいわいがやがやとした喧噪《けんそう》が届いていた。いま何刻かわからないが、はしゃぐような子供の甲高い声もしている。まるで祭りのようだ。

江戸でも諏訪でも同じだが、どうして野次馬というのはこんなに集まりがいいのか、重兵衛には不思議でならない。

どうやら火事になったのは、重兵衛たちの泊まっている上柴屋《かみしばや》のようだ。重兵衛は街道に面した障子をあけ、下を見おろした。

街道では、常夜灯の明かりに照らされて、野次馬たちが押し合いへし合いしていた。どこからこんなに集まったのか、と思うほどたくさんの人数がいる。

口々になにか叫んでは、指をさしたりしている。早く降りてこい、と重兵衛を見ていう者もいた。

どこから火が出たのか、重兵衛たちの部屋からは炎は見えない。火元は裏手のほうかもしれない。

「お客さま、お客さま」

背後の廊下を走る足音とともに、上柴屋の番頭らしい声が襖《ふすま》を突き抜けてきた。

「火事でございます。お逃げになってくださいませ。火事でございます。早く外に出られてください」

重兵衛は襖をあけ放った。ちょうど薄い闇を突っ切って、番頭らしい男が目の前を通りすぎようとしていたところだった。

「火元はどこだ」

重兵衛の声に番頭が足をとめた。体を重兵衛に向ける。動転しているようで、唇がわないていた。必死に心を落ち着けるように自らにいいきかせているのが、重兵衛にははっきりと見えた。

「はい、裏庭のほうでございます。薪を積んでいたところが燃えております。ただいま一所懸命に火を消そうとしておりまして、燃え広がってもおりませんが、万が一ということもございます。お客さま方には外に出ていただいております」

承知した、と重兵衛はいった。一礼した番頭が声を張りあげつつ、遠ざかってゆく。

ほかの部屋からも、続々と客が廊下に出てきている。手荷物とともに狼狽《ろうばい》した様子でぞろぞろと階段を降りてゆく。

階段の反対側の突き当たりにもう一つ階段が設けられているようで、客たちの姿が次々に消えてゆくのが見える。

どちらの階段も人を押しのけて我先にというようなことにはなっていないが、誰もが一刻も早く外に出たがっている。火事ときいてそうそう沈着に動けるものではない。

しかし、そんなにあわてて外に出ることはなさそうだ。重兵衛はそう判断した。煙はきておらず、焦げ臭いにおいもしない。ぱちぱちと木材が弾ける音もきこえない。

まだ火は遠いのではないか。むろん、油断はできない。炎は宙を飛んで一気に別の場所に燃え移る。

それにしても、薪の積まれたところが燃えたというのは気になる。おそらくふだんは火の気がないところなのではないか。薪を積んでいるところなら、宿の者も相当、気を配っているはずだ。

そこが燃えたというのは、付け火と考えるべきなのか。そうだとして、誰の仕業なのか。まさかこの文を狙っている連中がしでかしたのではないか。

「おそのちゃん、支度はいいか」

「はい、もうすっかり大丈夫です」

「俺から離れてはいけないよ」

こんなときだが、おそのが小さく笑みを浮かべる。

「はい、決して離れません」

その言葉に重兵衛は元気づけられた。道中差を腰に差し、荷物を担いで、人けの絶えた廊下を歩いた。旅姿になったおそのがうしろをついてくる。

重兵衛は横によけ、おそのに先に行くようにいった。おそのがうなずき、重兵衛の前に出る。

廊下沿いの両側に、いくつも部屋がならんでいるが、一つだけ、襖があいていない部屋があった。ここは空き部屋なのか。まさかと思うが、まだ火事に気づいていないなどということはないのか。

重兵衛は気になってあけてみた。誰もいない。うつろな空気が居座っているだけだ。やはり、もともと空き部屋だったようだ。

重兵衛は、おそののあとについて階段を降りようとした。階段の下に人影があらわれ、一気に駆けあがってきた。おそのがあっ、と声をあげる。

人影は頭巾《ずきん》に顔を包んでいる。目が血走っていた。今にも刀を抜こうとしているように見えた。

あれが誰か考えるまでもない。時世を襲っていた男どもの一人だ。やはり道中、感じた殺気はあの連中のいずれかが発したものだったにちがいない。

今も同じような殺気を感じた重兵衛は手を伸ばし、おそのの腕をがちっとつかんだ。力をこめ、ぐいっと引きあげる。

おそのがよろけながらも、重兵衛の胸に顔を預けるようにして飛びこんできた。

重兵衛はおそのをうしろにかばい、人影の前に立ちはだかった。頭巾で顔を隠している者は一人ではなかった。さらに二人、階段をあがってくる。

重兵衛は眼前に近づいた男が、重兵衛を認めて刀を抜こうとするのを見た。しかし階段は狭く、うまく抜刀できずにいる。重兵衛は男の胸をめがけて蹴りを入れた。

どん、と鈍い音がして男がのけぞる。階段を転がり落ちるかと思ったが、壁に手をついてかろうじてこらえた。

うしろの二人が戸惑ったように足をとめる。なにが起きたか覚ったようで、先頭の男の背中を手で支えている。

重兵衛はもう一度、男を蹴ろうとしたが、重兵衛さん、というおそのの声に動きをとめた。

首を曲げて見ると、薄暗い廊下を走ってくる人影が視野に映りこんだ。

階段の側と同じく一人ではなく、こちらは四人ばかりいる。いずれも抜刀しており、刀身が暗い光を鈍く弾いている。

重兵衛はおそのを守る位置を取った。道中差を抜く。素手では、もはや対処できそうにない。明らかに敵は数を増やしている。

もしかすると、遣い手がなかにまじっているかもしれない。こちらの男たちも、すっぽりと頭巾をかぶっていた。

「俺のそばを決して離れるな」

背後のおそのに強く命じた。はい、とおそのが顎を深く引いたのが目に入る。

だが、言葉だけではなんとなく足りない気がした。重兵衛は左手をうしろに伸ばし、おそのの手を探った。

すぐにやわらかな感触が伝わってきた。じんわりと伝わるあたたかさが、重兵衛の心に安らぎを覚えさせた。

自分たちは、どんなことがあっても一心同体だ、とはっきりと覚っている。これからはもう、決して一人になることはない。

廊下をやってきた男が、問答無用とばかりに刀を振りおろしてきた。重兵衛はその一瞬前に道中差を突きだしていた。

びしっ、と音が響き、うっとうめいた男が左手首を右手で押さえる。がしゃんと廊下に刀が落ちた。

重兵衛の道中差は男の小手を打ったのだ。この道中差は刃を引き潰してある。いわゆる刃引きになっており、人を殺すようなことはまずない。

小手を打たれた男が頭巾のなかの顔をゆがめて、うしろに引き下がる。

重兵衛は、代わって袈裟懸けに斬りかかってきた次の男の刀を打ち返した。男がその激しさによろけ、腹をがら空きにする。

重兵衛は姿勢を低くし、胴に道中差を振り抜いた。鈍い感触が手のうちに残る。男が、がはっと苦しげに息を吐く。刀を取り落とし、またも廊下にがしゃんという音が響いた。男は背を丸めて苦しがっている。

どけ、といわんばかりにまた別の男が突進してきた。味方の体を踏みつけるように乗り越えて、重兵衛に向けて低い位置から刀を見舞ってきた。

天井を気にしての振りおろしだ。それでも、最初の二人よりだいぶ鋭い振りだが、これも重兵衛の敵ではない。

重兵衛は道中差の峰で、刀を斜めに受けた。刀身がすうと峰を流れてゆき、男が体勢をわずかに崩したところを見逃さず、道中差を振りおろした。

こちらは刀身が短いから、天井を気にすることは一切ない。

道中差は、男の左肩を強烈に打った。がつ、とどこか鈍さを感じさせる音が廊下に響き、天井にはね返った。

まちがいなく肩の骨が折れたはずだ。男が苦悶《くもん》の声を発し、廊下に両膝をつく。

目の前に頭巾をかぶった顔があり、重兵衛は引きはがしたい衝動に駆られた。

だが、そうする前に、階段を足音荒くのぼってきた三人が重兵衛たちに襲いかかろうとした。

くる。

重兵衛はおそのを背後に守る位置をまた取った。薄闇を突き破って、刀が突きだされてくる。

重兵衛は道中差で、刀を上から押さえこむように打ち落とした。刀尖が廊下を激しく打ち、床に傷をつくる。

重兵衛は、刀を必死に持ちあげようとしている男の肩をびしりと打ち据えた。またも骨の折れる音がし、男が頭巾の顔を勢いよく床に打ちつけた。

気絶したかと思ったが、男は刀を手に立ちあがろうとしている。

重兵衛はもう一度、道中差を振るおうとしたが、おそのの、きゃあ、という悲鳴にすばやく体をひるがえした。

廊下をやってきた最後の一人が、おそのに斬りつけようとしていた。

きさまっ。重兵衛は怒号し、道中差で刀を横に打ち払った。腕に伝わった衝撃の強さに、男が体をふらつかせる。

重兵衛はすばやく引き戻した道中差を、男の小手に叩きこんだ。骨が砕けるような音がし、男がぎゃあ、と情けない声をだした。刀を片手で握り締め、よろよろとうしろに下がってゆく。

重兵衛の耳に、ぱちぱちという音がきこえてきた。煙が霧のようにうっすらと足元に漂いはじめている。煙は廊下をいくつかの白い筋となって、流れていた。

重兵衛は強い怒りを感じている。この男たちは、時世の文を奪うためにこの旅籠に火をつけたのだ。

最初は火事に驚いた重兵衛が外に出てきたところを襲うつもりでいたのかもしれないが、いつまでたっても出てこないので、業を煮やし、旅籠のなかに乗りこんできたにちがいない。

廊下の四人から、戦う力は奪った。あとは階段をのぼってきた三人のうち、二人が無傷で残っている。

重兵衛はおそのを見つめた。どこにも怪我はない。それには安堵したが、足元を広がってゆく煙は濃さを増している。しかも足元だけでなく、重兵衛たちの顔のあたりにも流れはじめている。

おそのが咳きこんだ。すぐに咳はとまったが、目がだいぶしみるようで、涙を流している。

それは重兵衛も同じだ。目が痛み、あけているのがつらくなったが、今はそうもいっていられない。我慢して、あけ続けた。

いきなり廊下をごうと音を立てて風が吹き渡り、煙が渦を巻いた。廊下に面した部屋の襖の下から、炎の舌が出て、ちろちろと床板をなめはじめている。

襖が燃えはじめた。炎はあっという間に襖全体を包みこんだ。柱に燃え移り、赤い炎が天井を飲みこもうとしている。廊下の天井板がぱちぱちと燃えだした。

それを見て、男たちが狼狽する。自分たちで火をつけておいて、滑稽以外のなにものでもなかった。

怪我をした者たちが今ならまだ間に合うとばかりに廊下を走り、小さな炎のなかに体を突っこませる。といっても、怪我のせいで動きは重く、誰もがよたよたしている。それでも濃い煙のなかに紛れ、すぐに姿が見えなくなった。

残ったのは、階段をあがってきた無傷の二人である。この二人は、いまだに戦意を失っていない様子だ。

必ず文を奪い取るという強い意志が見て取れる。瞳は、油を塗りつけたかのようにぎらついていた。

重兵衛は背後から煙と炎が迫ってきたのを感じた。おそのが咳きこむ。先ほどよりひどい咳きこみ方だ。

重兵衛自身、喉がひどく痛み、目からは涙が出続けている。これ以上、ここにいるのは無理だ。しかも、熱くてならない。汗が背中をだらだらと流れだしている。

炎の舌はすぐそばまで来ている。今にも着物の裾に食らいつきそうだ。舌だけでなく、大きく立ちあがった炎は、廊下を焼き尽くしはじめている。

ごうごうと充満した煙が音を発し、重兵衛たちを巻きこもうとしている。煙がすでに熱を帯びていた。

熱い、とおそのが声をだした。着物に火の粉が次々につくようで、盛んに手で払っている。

二人の男は廊下の端に立ったまま、階段の前を動かない。重兵衛たちが煙に巻かれるのを待つつもりか。それから文を奪おうという算段だろうか。

かまわぬ。ここで我慢くらべなどする気はない。重兵衛はこちらから突っこんでいった。手をつないでいるために、おそのも一緒に動く。

二人の男は、それを待っていたような動きを見せた。狭い廊下を両側に分かれ、重兵衛を左右から攻撃してきた。

重兵衛には二人の動きがよく見えていた。もし二人とも手練《てだれ》だったら、重兵衛は少なくとも無傷ではすまなかったかもしれない。しかしながら、目の前の二人にそこまでの腕はなかった。

重兵衛は右手に持った道中差で右側の男の刀を弾きあげ、左から振られた刀を上から叩き落とした。二本の刀が視野から消えかけた。すぐに引き戻され、また重兵衛をめがけて振られるのはわかっている。

重兵衛はその前に道中差を突きだしていた。体は狙わず、足だ。道中差の刀尖は最初に右側の男の太ももを貫いた。

刃引きといえども、重兵衛ほどの腕があれば、肉を軽々と貫く。

男がぎゃあ、と悲鳴を発する。痛みに体をよじる。

重兵衛はすぐさま道中差を引き抜いた。血が噴きだす。男が体をねじるように廊下に転がった。

重兵衛は左側の男に狙いを定め、血のついた道中差を横に払った。男は刀を引き戻し終えたばかりで、体勢をようやくととのえようとしていた。

煙を断つように横から振られた道中差はほとんど見えなかったようだ。どす、という手応えが伝わってきた。

うっ、息の詰まった声をだし、男が体を折り曲げる。しばらく沈黙していたが、いきなり苦しげに咳きこんだ。これは煙のせいではあるまい。

「行こう」

重兵衛はおそのをうながし、手を強く引いた。まだ苦しんでいる二人の男を尻目に階段をおりる。おそのがほっとしたようについてくる。

こちら側の階段はまだ炎がきていない。だが、煙が流れこみ、先が見通せない。しかも急な階段だ。はやる心を抑えつけ、ことさらゆっくりと降りていった。

一階に着いた。いきなり炎の波が横から迫ってきた。まるで重兵衛たちが来るのを待っていたかのような動きだ。

天井が割れ、火の粉がざざっと音を立てて降ってきた。旅籠の出入り口のほうにも炎がまわりこみ、重兵衛たちの逃げ場をふさいでいた。

まずい。重兵衛は唇を嚙んだ。口のなかもひどく熱を持っている。このままでは焼け死んでしまう。

どうする。焦りの炎が背中を焼く。

そのとき、ちらりと炎の先に、焼けていないところが見えた。こっちだ、と叫んで重兵衛はおそのの手を引っぱった。

覆いかぶさってくるような炎の下をかいくぐり、重兵衛たちは台所らしい場所に出た。ここは土だから、下からは炎も寄ってきていない。かまどが三つ、しつらえられている。

右側の柱や上の梁《はり》は火に包まれ、今にも倒れ、落ちてきそうだ。木の壁にも炎が貼りつき、上に這いのぼろうとしていた。

重兵衛はその壁を蹴った。しかし、破れない。いくら火で弱くなっているはずといっても、目の前の厚い板はまだまだ頑丈だ。

だが、今はもうここしか逃げ場がなかった。重兵衛は力をこめて蹴った。

一心不乱に蹴り続けた。まるで木刀を振りおろす稽古のときのように無心に足を動かし続けた。足は血がにじんだはずだが、痛みはまったく感じなかった。

背後や上から腕や手を伸ばして重兵衛たちをのみこもうとする炎から逃れるのに、痛いなどといっていられなかった。

足が疲れ、蹴りに威力がなくなると、右手の道中差を使った。壁を突いて突いて突きまくった。

道中差はたやすく板を突き破るが、刃がないために切ることができない。それでも、道中差のおかげで目の前の壁の一尺四方にたくさんの穴があいた。そこから細かい煙が外に抜けてゆく。

これだけあいていれば、と重兵衛は再び壁に蹴りを見舞った。

思った通り、足は壁を貫いた。しかし、今度は足が抜けなくなった。

おそのが手伝ってくれたおかげで、足がすっぽりと抜けた。すまぬとおそのにいって、重兵衛は、目の前にできたひときわ大きな穴を見た。

穴からは煙が次々に外に出てゆく。その煙の動きは炎も呼びこもうとしていた。急がないと、炎の腕に巻きつかれる。だが、この穴の大きさではまだ人は抜けられない。重兵衛は道中差の柄で穴のまわりをがんがんと殴りつけた。

そのあいだにも、炎は重兵衛たちを絡め取ろうとする。二階の階段そばで倒れた二人はどうなったのか。あの二人は炎を逃れることができたのか。

しかし、今は人の心配をしている場合ではない。

重兵衛はひたすら道中差の柄を振るい続けた。その甲斐あって、一尺ほどの丸い穴ができた。そこから煙が盛大に出てゆく。

「よし、行こう」

重兵衛は先におそのをだした。おそのの姿が煙に紛れて見えなくなる。重兵衛もすぐさま続いた。炎が手を伸ばして、重兵衛を追いかけてきた。

しかし、重兵衛はそれを振り切った。新鮮な大気に覆われたのを感じた。

五間ばかり歩いて、熱さを避ける。思い切り大気を吸いこんだ。生き返る。明らかに体が喜んでいた。

あたりは炎に照らされて、昼間のように明るい。だが、おそのの姿が見えない。

「おそのちゃん」

重兵衛はあわてて呼んだ。はい、とすぐ近くで声がした。

重兵衛はそちらに顔を向けた。煤《すす》で真っ黒のおそのが立っていた。

「よかった」

重兵衛はおそのを抱き締めた。煙のにおいが濃くしみついているが、おそのからはいつものいいにおいがした。重兵衛は思いきり吸いこんだ。

おそのが最初はそっと、しかしすぐに強く抱き返してきた。やわらかな感触が重兵衛には心地よかった。重兵衛は生きているという実感に包みこまれた。

炎が夜空を焦がしている。不意に轟音が夜を突き抜けるように響き渡った。

重兵衛はおそのの手を引いて、燃え盛る旅籠からとっさに離れた。先ほどまで梁や柱がぎしぎし鳴っていたが、ついに旅籠が潰れたのである。

まさにぺしゃんこだ。大きな旅籠で、きっとこれまでこの宿場のなかでずっと威容を誇り続けていたはずなのに、今夜、まさかこんなふうになってしまうなど、誰もが夢にも思わなかったにちがいない。

重兵衛は立ち尽くした。自分が泊まったばかりに、こんなことになってしまった。旅籠の者たちに申しわけない気持ちで一杯だ。

そういえば、前にも同じようなことがあった。あのときも自分のせいで旅籠が燃やされ、全焼した。

火を放ったほうが悪いのは事実だが、自分がいなければこんなことにはならなかった。旅籠の者たちに、土下座をして謝りたいくらいだ。

重兵衛にできることは、襲ってきた者たちが誰なのか突きとめ、とらえることだ。そして、旅籠の再建のための金をださせる。それしかないだろう。

重兵衛は唇を嚙んだ。うまくやれば、先ほど旅籠のなかで戦ったとき、一人くらいとらえることができたはずだが、迫りくる炎が気になり、かなわなかった。

重兵衛はおのれの未熟を感じた。とらえるということに、はなから思いが及んでいなかった。

重兵衛は胸に触れた。ここにしまってある文。この油紙を解き、ひらいてみたい衝動に駆られた。読むことができたら、誰が襲ってきたか、わかるのではないか。

しかし、重兵衛はなんとかその気持ちを抑えこんだ。そんなことをしては、死んだ時世に申しわけが立たない。

夜が明けてきた。呆然と突っ立っている旅籠の者たちが集まっている。宿場の者たちも惨状に声がないようだ。

今は目立つ炎はなく、建物を焼き尽くした火事はおさまっている。焼け残った柱から細い煙がいくつも立ちのぼり、横たわった梁はくすぶって、ぶすぶすという音とともに明滅する暗い光を放っている。

死者を探しているのか、宿場の者たちが燃え残った材木をどけている。今のところ、死骸は一つも見つかっていないようだ。

不幸中の幸いといってはすまないが、燃えたのは上柴屋だけで、宿場中のほかの建物への延焼をまぬがれたことだけが、重兵衛の心をかろうじて慰めた。

「お怪我はございませんか」

上柴屋の女将が重兵衛たちに声をかけてきた。

「ええ、どこも」

「それはようございました。しかし、誠に申し訳ないことをいたしました」

女将が深々と腰を折った。

「いや、それは——」

自分のせいだといおうとしたが、おそのが小さく首を振ったのが見え、重兵衛は口を閉ざした。

おそのは、どうして火が放たれたのか、ここでは真相をいう必要はないと考えているようだ。すでに重兵衛の気持ちを覚っているのだろう。

火をつけた者をとらえ、金をださせる。そして、その金を匿名で送る。

ここでもし正直に女将にいってしまったら、確実に足どめを食い、文を甲府勤番支配の有山九左衛門に届けることはかなわなくなるだろう。文は、ここの宿場役人に提出しなければならなくなるにちがいない。

重兵衛は申しわけないと思ったが、ここはおそのの考え通りにするしかない、と決意した。

いや、これはおそのの考えではない。自分の考えだ。おそのはただ、後押しをしてくれているにすぎない。

甲州街道与瀬宿の上柴屋。この旅籠の名は決して忘れるまい、と重兵衛は心にかたく誓った。

二

暑い。

その一語しかない。

甲府は、猛烈な暑さの壁に高々と囲まれていた。そよとも風が動かず、陽射しをまともに受けていると涼しさのかけらも感じられない。

それでも、木陰に入ると大気が乾いているせいか、わずかながらひんやりとしていた。このあたりは、どこで体を休めようとも蒸し暑い江戸とはちがい、諏訪に通ずるものがある。

火事ののち、すまなさとともに与瀬宿をあとにした重兵衛とおそのはその後、泊まりを重ねて、ついに今日の午後の八つ半すぎに甲府に着いたのだ。

太陽は傾きつつあるといっても、甲府の暑さは強烈だった。江戸とはくらべものにならない。まわりを山に囲まれている盆地のために、太陽にあたためられた地上の熱が外へ逃げる道がないのだろう。

風があればまたちがうのだろうが、それもまわりの山のせいで、吹きこんでこない。陽炎がゆらゆらと揺れ、逃げ水が行く手に必ずあらわれる。

息をしても、熱が口や肺に入ってくる感じがして、汗が背中にじっとりと出てくる。顔や首筋からはおびただしい汗が流れ、したたってゆく。

道には大量の馬糞が落ちており、それが陽射しに焼かれ、かなりにおう。梅雨どきとはいえ、ここしばらく甲府は雨が降っていないようで、土はひどく乾いていた。駄馬や荷車が通るたびに土埃があがり、それが目に入って痛くて仕方ない。

「まっすぐ向かうのですか」

おそのが目尻を手ぬぐいでふきつつ、きいてきた。

「そのつもりだ」

重兵衛はおそのを見つめた。

「きついかい」

「いえ、そんなことはありません。ただ、きいてみただけです」

おそのが笑って胸を張る。

「いろいろあって、私もたくましくなりました。まめもまったくできなくなりましたし、疲れも翌日に残らないようになりました」

「すまなかったな」

重兵衛は謝った。

「河上さんのいう通り、本当に俺は嵐を呼んでしまうようだ」

「いえ、責めているわけではありません。この前の火事のときは本当に怖かったけれど、あんな経験は重兵衛さんと一緒じゃないとできないことですし。私、重兵衛さんならきっとなんとかしてくれると信じていました」

しかし、こうして語れるのも生きているからこそだ。死んでしまっていたら、どうなっていたか。

宿帳に住みかは記したから、宿場役人あたりから白金村に知らせがいくのだろうが、その知らせを受け取った田左衛門をはじめとする村人や手習子たちは悲しみのどん底に叩き落とされて、いったいどんな顔をするのだろう。

重兵衛とおそのを、旅になどださせるのではなかった、と誰もが後悔するにちがいなかった。田左衛門たちが二人の遺骸を引き取りに行こうとしても、すでに焼けこげになっている。亡骸を目の当たりにし、これが重兵衛とおそののものだといわれても、まったく実感がわかないだろう。

重兵衛は町の者に道をきいて、甲府勤番支配の有山九左衛門の屋敷に向かった。甲府城の近くだった。

屋敷に来客は多かった。約束はあるのか、と応接方の家臣にきかれ、ないと答えると、露骨にいやな顔をされた。まったくこの世間知らずが、とでもいいたげだった。

おそのという女連れで来たことも、家臣は気に入らない様子である。しかし、甲府の旅籠におそのを一人で置いてゆくわけにはいかない。

時世を襲い、上柴屋に火を放った者たちが押しこんできたら、おその一人ではどうすることもできない。旅籠の者たちも、なすすべがないだろう。

上柴屋ではだいぶ痛めつけたから、おそのになにかしようなどという力はもはやないかもしれないが、新手がいることも考えられるし、用心に越したことはない。

家臣には用件もきかれた。時世どのから有山さまに文を託されています、と答えると、時世というのは何者か、と問われた。こちらの屋敷の腰元のはずですが、との答えをきくと、家臣は怪訝《けげん》そうな顔をした。

とにかくその文を見せるようにいわれたが、有山さまにじかに渡すように遺言されていますゆえ、と重兵衛は拒絶した。家臣は口をへの字に曲げて不満の意をあらわしたが、重兵衛は無視した。

一刻ばかり来客用の座敷で待たされたあと、ようやく甲府勤番支配の有山九左衛門に会えた。座敷に家臣がやってきて、道中差はお預かりいたす、といわれ、重兵衛は素直に手渡した。こちらにおいでくだされ、という家臣に導かれて、重兵衛とおそのは別の座敷に入れられた。

そこにはすでに四十代半ばの侍が一人、脇息にもたれて座していた。背後に小姓らしい若侍が控えている。

重兵衛たちは辞儀し、脇息の侍の向かいに正座した。

侍は、たっぷりと頬に肉をつけている。体はその割にやせていた。白目の割に黒目が小さく、そのせいなのか、どこか狡猾《こうかつ》そうな感じを重兵衛は受けた。

鷲鼻の下の唇は上下ともに分厚く、半びらきになっている。煙草のやにで黄ばんだ前歯がのぞいていた。

「甲府勤番支配、有山九左衛門である」

侍が唇を押しひらくようにして名乗った。意外だったが、響きのよい朗々たる音吐をしている。三千石級の大身の旗本が任命される役職だけに、かなり上等の着物を身につけていた。

夕刻になって、ようやく涼しい風が吹いてきたといっても、暑さはさしてやわらいだように思えない。九左衛門の着ている着物は、甲府の夏をなんとか涼しく過ごすための知恵の一つでもあるようだ。

「なんでも、時世とか申す腰元の文を託されているのだとか」

九左衛門が目を鋭くしてきいてきた。この男は時世どののことを知っている、と重兵衛は直感した。

「はい、さようにございます」

重兵衛はていねいに答えた。

「どこぞの宿場役人から、時世という腰元が死んだという知らせがまいったのは事実よ」

九左衛門が告げた。

「しかし、当家に時世という腰元はおらぬ」

重兵衛は、時世の特徴を述べた。

「ふむ、わからぬな」

九左衛門が首を横に振る。重兵衛にはとぼけているようにしか見えなかった。

「見せよ」

手を差し伸べてきた。渡すべきなのか、と思ったが、時世は目の前の男の名を瀕死《ひんし》の身の上で告げた。渡すべき相手はまちがえていない。

重兵衛は懐から油紙の包みを取りだし、九左衛門に手渡した。

小姓が九左衛門のかたわらに進み出て、油紙に縛りつけてある紐を小刀で切った。出てきた文を九左衛門が手にした。ゆっくりとひらく。

おそのが、その様子を食い入るような目で見ていた。実際のところ、重兵衛も同じ瞳をしているはずだ。

九左衛門が文に目を落とす。二度、読み返したのが目の動きから知れた。一瞬、ほっとしたような表情をつくったように見えたが、定かではなかった。

「なんだ、この文は」

一転、吐き捨てるようにいった。重兵衛をじろりとにらみつけてくる。

「読むか」

「よろしいのですか」

「かまわぬ。くだらぬ内容よ」

しかし、時世が命を賭して預けた文だ。しかも、この文のために重兵衛たちも狙われ、旅籠の上柴屋は炎上した。

くだらぬ内容といわれても、信じる気にはならなかった。

重兵衛は文を受け取り、おそのにも見えるようにして読みはじめた。

文によると、時世というのは若い頃、九左衛門の腰元だった女性とのことだ。ある日、九左衛門の手がつき、子をはらんだ。同じ頃、正妻の広江《ひろえ》も妊娠した。二人の女はほぼ同時に男の子を出産したが、時世は自分の子を有山家の跡継にしたくてならず、隙を見て赤子を取り替えた。いま広江の子の行方は知れず、時世の子が跡取りとなっている。そんな内容だった。

「これがくだらぬ内容でございますか」

重兵衛は九左衛門にただした。

「ああ、くだらぬ。愚にもつかぬ」

「どうしてでございましょう」

「わしは、時世などという腰元に手をだしたことはないからだ。はじめて会うおぬしにこんなことをいうのはどうかと思うが、わしは広江一筋よ。小禄の御家人でも妾を囲うのが珍しくないなか、確かにわしは変わっているのかもしれぬが、嘘は申しておらぬ」

重兵衛は九左衛門をじっと見た。嘘をついているかどうか、残念ながら判別はつかなかった。

「しかし、この文のために、手前どもは襲われました」

「どういうことかな」

重兵衛は時世と知り合ったことから話をはじめ、文を託されたいきさつ、泊まった旅籠に付け火までされ、侍たちに襲われたことを語った。

さすがに九左衛門は、大きく目を見ひらいた。

「なんと。このくだらぬ文で、そのようなことがあったと申すのか」

「さよう」

「災難であったな。だが、もうわしに渡したのだから、襲われることはあるまい。なんなら、この文を持っていってもかまわぬぞ」

「できませぬ」

重兵衛ははっきりと告げた。

「時世どのが有山さまに必ず渡すようにいわれたものでございます。手前がいただくわけにはいきませぬ」

九左衛門が、重兵衛をよくよく見つめてきた。

「おぬし、侍か」

「いえ、ちがいます。江戸は白金村で手習所を営んでおります」

「ほう、手習師匠か。元侍が最も選びたがる職ではないか」

「時世どのが、どうしてこのような文を有山さまに命を懸けて渡そうとしたのか、おわかりにございますか」

「さあ、さっぱりだ」

九左衛門が首をかしげた。

「その時世とか申す女は、きっと当家にうらみでも抱いていたのだろう」

「うらみを抱かれるような心当たりがございますのか」

九左衛門が苦笑し、顎をつるりとなでた。

「これまで四十数年間、生きてきた。なにかと軋轢《あつれき》がなかったわけではない。うらみの一つや二つ、買ったところでおかしくはなかろう」

重兵衛を見つめてきた。

「おぬしだって、うらみを持たれたことがないわけではあるまい」

そうかもしれない。真の友だった松山市之進《まつやまいちのしん》を誤って殺してしまったとき、弟の輔之進《すけのしん》にうらみを買った。いや、輔之進だけではない。松山家の家人、縁戚すべてがうらみに思ったことだろう。

表向きは平静を装っているが、内心では重兵衛は苛立っている。この男は時世のことを知っていて、とぼけているとしか思えない。なんとか口をひらかせるすべはないものか、と思うが、自分にそんな力はない。

ここまで苦労して運んできて、どうしてこんな扱いなのか。自分のことよりも、時世が哀れでならない。できるならば、重兵衛は畳に拳を叩きつけたかった。九左衛門の襟首をつかみ、揺さぶりたかった。

しかし、これまで侍として身につけてきた厳しいしつけがそれをさせなかった。

「では、有山さま、手前どもはこれにて失礼いたします」

重兵衛は一礼してから、すっくと立った。おそのも立ちあがった。

「今日はどこに」

「この町の旅籠に、宿を取ろうと思っています」

「よい宿に心当たりはあるのか」

「いえ」

「ならば、石田屋という旅籠がよかろう。とてもよい宿ぞ。わしの名をだせば、少しはもてなしの仕方もちがってこよう」

道中差を返してもらい、重兵衛とおそのは有山屋敷を辞した。

「重兵衛さん、石田屋という宿に泊まるおつもりですか」

おそのが心配そうにきいてきた。

「いや、その気はない」

おそのがほっと胸をなでおろす。

「そうですよね。今のお侍、どこか腹黒い感じがしました。その人が勧める宿など、私はごめんこうむりたい」

重兵衛はにこりとした。

「俺も同じ気持ちだ」

おそのがほほえむ。その笑顔を見て、重兵衛は心が晴れやかになった。

有山九左衛門という男は、確かに性根がよくないような気がした。なにを考えているか、わからないという顔だ。

ただ、仕事はできるような気がする。甲府勤番は山流しといわれるほど旗本たちに恐れられているが、その者たちをまとめあげることを仕事とする甲府勤番支配は、大身の旗本のなかでも、これからどんどん出世してゆく者が任命される役職である。上の者に認められた者が就くのだ。

「しかし、重兵衛さん、どういうことでしょう」

重兵衛はおそのに顔を向けた。

「時世さんが託した文のことだな」

「はい、そうです」

おそのが首をひねる。

「あの内容がくだらないとは、私にはとても思えません。しかし、本当に大事なことなら、有山というお侍が私たちに読ませるようなことは、決してなかったはずです。私にはどういうことなのか、さっぱりわかりません」

それは重兵衛も同感だ。考えてもわかることではなさそうだ。

重兵衛たちはとりあえず投宿しようと甲州街道のほうへ足を向けた。

甲府の町はかなりの人が暮らしているようだ。戦国の昔は名将の誉れが高かった武田信玄があるじとして暮らしていた町だ。

今もこの町の者たちは、信玄を呼び捨てにすることはないそうだ。呼び捨てにしたよそから来た者を、さまをつけるようにとたしなめることもあるときく。

そういえば、永岡啓二郎は武田信玄に憬れているといっていた。

今この町にいるのだろうか。

会いたくない。

早めにこの町を出ることだと重兵衛は心に決めた。

重兵衛とおそのは、夕暮れの色が濃くなってきた町を歩いた。

日が落ちようとしている今、人はだいぶ少なくなってきている。有山屋敷にいるときに涼しく感じた風は、町全体が熱気に包まれているせいか、いまだに昼の暑さをはらんでいる。いつになったら、本当の涼しさがやってくるのか。

大きな寺の前を通りかかったとき、いきなり数人の侍に前途を阻まれた。またも頭巾をかぶっている。

侍は五人。

厳しい目で重兵衛たちを見つめている。

「文はどうした」

一人がとがった声をあげた。どこにも怪我をしている様子はない。つまり、この五人は新手なのだろう。

しかも、これまですべて重兵衛の圧勝に終わっている。できうる限り、選りすぐりの遣い手を集めたのではないか。

「もうわかっているであろう」

重兵衛は静かに答えた。

「とうに有山九左衛門どのに渡した」

この者たちは、と重兵衛は思った。甲府勤番ではないのか。身なりがちゃんとしているようで、崩れているのも、それならば納得できる。元は不良旗本なのだから。

おぬしらは、と重兵衛は凄みをきかせた声でいった。

「有山どのの支配を受けている者ではないのか」

男たちに動揺が走ったのが、頭巾越しにわかった。

「やはりそうか。支配に対しておぬしら、叛意《はんい》を抱いているのか」

誰も答えない。

「おぬしらがどうして時世どのから文を奪おうと思ったか知れぬが、さしたる内容ではなかった」

「どうしてきさまが中身を知っている」

一人が吠えるようにいった。

「文を読ませてもらったからだ。このおなごも読んでいる」

「なんだと」

「よいか、つまり文の中身は、おなごが読んでもかまわぬ程度のものだったということだ。わかったか」

「それはうぬの判断することではないわ」

別の一人が叫ぶ。

「だったら、どういう中身だったか、語ってきかせよう」

私がいいます、とおそのがささやきかけてきた。

「そのほうが、どの程度の中身なのか、この人たちにはよくわかりましょう」

「うむ、では頼んでもいいかな」

重兵衛は小声でいった。もちろんです、とおそのが力強く答えた。侍たちに向き直る。

「今から私が話すことは、まことのことです。嘘偽りは一切ありません」

おそのが、文の中身を訥々《とつとつ》と話しはじめた。男たちは一様に、おそのにこわばった顔を向けている。しかし、冷静に耳を傾けている風情だ。

おそのが、風が二度、吹き渡るあいだにしゃべり終えた。

「もう一度いいます。いま私がいったことに、嘘偽りは一切ありません」

男たちが顔を見合わせる。戸惑っている様子が見受けられた。

どうやら、まったく予期していなかった話をきかされたらしい。

この男たちは、文の中身にどんなことを求めていたのか。それを問うても、決して語ろうとしないだろう。

「俺が時世どのから預かった文には、このおなごがいま申した通りの内容が記されていた。一読した有山どのは、くだらぬ内容であると吐き捨てられた」

重兵衛は、十の瞳を順繰りににらみつけていった。

「わかったら、とっと帰ったらどうだ。俺たちはもう、時世どのとの関係はないぞ」

またも男たちが顔を見合わせる。ここは引きあげて、じっくりと話をしたほうがよいのではないか、という思いがどの男の瞳にも貼りついている。

一番うしろにいた男が、前にずいと出てきた。重兵衛をにらみ据える。

「きさま、名は」

「名乗る必要はあるまい」

重兵衛は平然といった。

「江戸の者か」

このくらいは教えてもいいような気がした。

「そうだ」

「江戸のどこだ」

「それは勘弁してもらおう」

男の目に諦観の色があらわれた。

「よし、戻るぞ」

四人にいった。男たちが深くうなずく。

男たちがきびすを返す。急速に濃くなってゆく闇のなかに、足早に姿を消してゆく。男たちはあっという間に見えなくなった。

ふう、とおそのが息をつく。

「どきどきしました」

重兵衛はおそのの頭をなでた。

「よくがんばったな」

おそのが手習をほめられた手習子のように、うれしそうにほほえむ。

「はい、がんばりました。がんばりすぎて、少し疲れました。へたりこみそうです」

「まだ歩けるか。早いところ、旅籠を見つけよう」

重兵衛は懐から小田原提灯を取りだし、火をつけた。ぽわっとあたりが遠慮がちに明るくなる。

二人は、先ほどの侍たちが戻ってこないのを確かめてから、足早に歩きだした。

三

屋根を打つ音がきこえた。

重兵衛の眠りは浅くなった。

今夜もおそのは重兵衛の胸の上ですやすやと寝ている。

雨か。

重兵衛は目を見ひらいた。おそのの頭が見える。視線を上に流すと、天井がうっすらと目に映った。

屋根を打つ音は、最初は小さな音だった。それがどんどんと激しいものに変わっていった。今は切れ目がまったくわからない。まるで樽《たる》にためた水をぶちまけたようだ。

これまでろくに雨がなかったが、どうやらこれですっかり梅雨らしくなったようだ。だが、このまま降り続けたら、どうなるか。

道はぬかるみと化し、前へ進むのに難儀するだろう。川はあふれ、崖が崩れ、街道は通行できなくなるかもしれない。

そんなことを思っていると、雨が弱くなった。これなら大丈夫だろうか。重兵衛はふとそんなふうに思った。

目を閉じた。すぐに眠気が襲ってきて、重兵衛はすぐに寝息を立てはじめた。

騒がしく廊下を歩くような大きな音に目覚めた。

たっぷりと寝た感がある。

うるさい音は途切れない。今も耳を打っている。

廊下からきこえてくるのではなく、頭上からきこえてくることに重兵衛は気づいた。

雨音か。大粒の雨が間断なく振り続けている音だ。

おそのが目を覚ました。おはよう、と重兵衛は声をかけた。

おはようございます、とおそのが返してくる。

「重兵衛さんの胸、とても気持ちよかった。こんなに気持ちよく眠れる場所、ほかに知りません」

はにかむようにいって、すぐに起きあがり、衝立の向こうに行こうとした。その前に屋根を重く打つ音に気づいた。

「雨ですか」

「そのようだ」

「すごい降りですね」

おそのが障子窓をあける。あっ、と小さく声を発した。

「すごい」

重兵衛はおそののうしろに立ち、窓の外を眺めた。

「こいつは」

そのあとの言葉が続かなかった。

腕を伸ばせば触れそうなほど低く垂れこめた雲から、雨が落ちてきている。いや、落ちてきているというような生やさしい降りではない。

天の甕《かめ》がひっくり返り、ためられていた水が大水と化して一気に地上に流れこんできたのではないか、と思えるようなすさまじい降り方である。

こんな雨は初めて見た。おそのも同じようで、ひたすら目をみはっている。

眼下の街道はすでに泥濘《ぬかるみ》となっている。道を行く者は一人もいない。

あまりに雨が強すぎて、街道の向かいに建つ旅籠がほとんどかすんでいる。雨の分厚い幕ができていた。

「おはようございます」

背後から声がきこえた。雨の音にかき消されそうだ。この旅籠の番頭のようだ。

重兵衛はおそのが衝立の陰に隠れたのを確かめてから、襖に歩み寄り、そっとあけた。番頭が正座していた。

「今日、諏訪のほうへ向かってのお発ちとのことですが、できなくなりました」

「土砂崩れでも」

「土砂崩れはいずれあるでしょうが、街道がぬかるみを通り越し、川となってしまっています。通行を禁ずる触れが、道中奉行さまよりくだりましてございます」

さようですか、と重兵衛はいった。

「この天気で無理して出立しても、命を落とすだけでしょうね」

「はい、おそらく怪我だけではすまないでしょう」

「わかりました。また今日も泊めてもらいたいのですが、よろしいですか」

「はい、もちろんにございます。しかしながら——」

番頭が顔を曇らせる。

「相部屋ということになるかもしれません。降りがひどいのはどうやら甲府より西や北のほうのようでして、東のほうはさほど強い降りではないようなのです。東からは続々と旅人がやってくると思いますので」

重兵衛はおそのを見た。おそのが仕方ありませんというように、衝立の陰でうなずく。

「承知しました。衝立はしてもらえるのですね」

「それはもちろんにございます」

番頭が頭を下げ、去ってゆく。

「ということだ」

重兵衛はおそのにいった。

ほかにすることがなく、朝餉のあとは重兵衛たちは部屋でごろごろしているしかなかった。一応、書見をしてみた。甲州街道について記している本で、ただの道中記である。

しかし、これを読むのは三度目で、重兵衛にはあまりおもしろい読み物とはいえなかった。おそのが代わって読みふけった。

昼食は宿が用意してくれた。握り飯と味噌汁だった。

あとは、おそのと白金村のことを話した。おそのは幼い頃、肥だめに何度か落ちたことがあるとのことだ。

「重兵衛さんはありますか」

真顔できかれ、重兵衛は面食らった。

「いや、ないな」

「それはうらやましい。重兵衛さん、肥だめに落ちた女、きらいになりますか」

「いや、そんなことはないよ」

よかった、とおそのがいい、昔を思いだすような目をする。

「あれはいつまでもくさいんです」

そうだろうな、と重兵衛は思った。肥だめは、糞便をわざと腐らせるためにあるときいたことがある。そのほうが田畑への肥料としてよいものになるからだそうだ。

「どうして落ちたんだい」

「幼なじみと追いかけっこしていて、夢中になって」

「落ちたのが何度かあるといったけど、どのくらいあるんだい」

「少なくとも五回は」

「そんなにか。同じ肥だめに落ちたのかい」

いいえ、とおそのがかぶりを振る。

「重兵衛さんもご存じだと思うのですけど、肥だめは村のさまざまな場所にありますから、私、覚えきれないんです。それで、全部ちがうところに落ちました」

「それはたいへんだったね」

「はい、本当に」

おそのがうつむく。

「泣きながら家に帰ると、びっくりしたおとっつあんに、頭から井戸水をざぶんざぶんとかけられたものです」

家に帰ったときのおそのの姿を重兵衛は想像した。田左衛門は心の底から驚いたにちがいない。

早めの風呂と夕餉をすませて重兵衛たちがくつろいでいると、番頭がやってきて、畏れ入りますが相部屋をお願いいたします、といった。重兵衛たちは荷物をまとめ、部屋の半分を明け渡した。

どうぞ、番頭がいうと、二人連れの母子らしい者が、失礼いたします、といって部屋に入ってきた。

母は五十をいくつかすぎたくらいか。娘のほうはまだ三十にはなっていないだろう。番頭が、ではよろしくお願いいたします、といって重兵衛たちと母子たちのあいだに手際よく衝立を立てた。

ほかの部屋も次々に相部屋になっているようだ。旅籠内はごったがえしている。雨は少しは弱まっているようだが、その音をかき消すほどの騒がしさだ。

少し静かになったところを見計らい、重兵衛は厠《かわや》に行った。小用をすませて部屋に帰ってくると、番頭に案内されて、向かいの部屋に新たな客が入ってゆくところだった。

そこに立っていたのは、永岡啓二郎だ。

「おっ」

啓二郎も重兵衛に気づいた。

「やはりまた会ったな」

啓二郎がにやりとする。

「会いたくなかったという顔だな。うらむんなら、天をうらむんだな。雨のせいだ」

番頭が、早く部屋に入ってほしいという顔をしている。

「わかった、わかった。だが、番頭、ちょっと待ってろ。すぐにすむ」

はい、と番頭が少し顔をこわばらせて答えた。待たせたな、といって啓二郎が重兵衛に向き直った。

「今朝早く、今日は近くの温泉場に泊まるつもりで旅籠を出たまではよかったんだ。雨はひどかったが、どうせあがるだろうと高をくくっていたら、大まちがいだ。土砂崩れがあったらしくて、目当ての温泉場に行けないんだ。まったくまいったよ」

啓二郎が頭のうしろをがりがりとかく。

「それで甲府に戻ってきたら、昨日泊まった旅籠は一杯で泊まれないっていうんだ。仕方ないから泊めてもらえるところを探していたら、ここに行き当たった。まさかおまえさんがいるとは思わなかった。おまえさんも、まさか俺に会うとは思わなかったんだろう。あのきれいな娘も一緒だな。そのうち顔を拝ませてもらうよ」

啓二郎が番頭に、待たせたな、といった。番頭がほっとした顔で、なかに声をかける。

相部屋のお客さまでございます、よろしくお願いいたします。啓二郎が昂然と顔をあげてなかに入ってゆく。番頭が衝立を用意しているのが見える。

そこまで見届けて、重兵衛は自分の部屋の襖をあけた。

重兵衛が戻ってきて、ほっとした顔のおそのがそこにいた。重兵衛も笑顔になった。

だが、重兵衛には気になることが一つあった。

永岡啓二郎の腰の物が替わっていたことである。

この前は業物を差していた。今日もいい刀ではあるが、拵《こしら》えがちがう。

どうして刀を替えたのか。またやくざ者から奪い取ったのか。

それともまたも殺しをもっぱらにする者に襲われて返り討ちにし、その佩刀《はいとう》を自らのものにしたのか。

「どうかされましたか」

おそのが案ずるようにきく。重兵衛は母子に辞儀してから衝立をまわりこみ、おそののそばに腰をおろした。

声を低める。

「もうきこえたと思うが、永岡啓二郎が向かいの部屋に入った」

はい、とおそのが暗い顔でうなずく。

「まさか同じ旅籠になるとは思っていなかったが、一緒の部屋にならなかったことは、とりあえずよかった。不幸中の幸いというべきかな」

重兵衛たちは、明日こそ雨がやむことを祈り、早めに就寝することにした。

同じ部屋になった母子とは少し話をしたが、二人は甲府の隣の宿の韮崎《にらさき》に行くのだが、この雨ではいつ行けるものか、まったくわからないと、ため息をついた。

そろそろ行灯を消し、布団に横になろうとしたとき、また番頭がやってきた。甲府勤番支配による宿あらためがあるという。刻限はちょうど五つだ。眠りについてから、四半刻ばかりしかたっていない。

起きあがった重兵衛たちと母子は正座して、甲府勤番支配がやってくるのを待った。

襖がからりとあけられた。顔を見せたのは見知らぬ侍だった。うしろに二人の侍と六人ばかりの中間がいる。

啓二郎の部屋もすでにあけられていた。ちゃんと正座している啓二郎の姿が見えた。といっても、重兵衛を見ておかしそうににやにやしている。

「役儀により、あらためをいたす。神妙にしておるように」

侍が厳かに告げた。

甲府勤番支配の宿あらためといっても、支配本人がやってくるわけではない。有山九左衛門があらわれるはずもなかった。

目の前に立っている侍は九左衛門の家臣の一人だろう。

「刀、脇差、道中差、匕首、短刀の類をすべてだしてもらいたい」

侍が命じてきた。重兵衛たちは素直にしたがった。重兵衛がだしたのは道中差で、母子がだしたのは短刀だった。

「いったいなにがあったのですか」

重兵衛は侍にたずねた。

しかし侍は冷たい目を向けてきただけだ。重兵衛は黙るしかなかった。

侍がまず短刀をあらためた。鞘からだし、じろじろ見る。

すぐさま鞘に戻し、母子の前に置いた。

「これはしまってよし」

次に重兵衛の道中差を手にした。鞘から引き抜く。

刀身をじっと見る。むっ、と声を漏らした。おそのがびくりとする。

「血がついておる。これはどうしてかな」

侍が重兵衛にただしてきた。おそのが息をのむ。

重兵衛は姿勢を正した。

「旅の途中、猪がいきなり襲ってまいりまして、その得物で突いて退散させました。ご覧のように刃引きの道中差ゆえ、突くしか能がありません」

重兵衛の言葉に、侍は刃引きであることに気づいた。

「刃はいつ潰したのかな」

「その道中差を求めたときです。住みかのある村の鍛冶屋にやってもらいました」

侍が刃を確かめている。すぐに、昨日今日潰した刃ではないことを覚ったようだ。興味を失ったように道中差を返してきた。重兵衛は受け取り、畳の上に置いた。

「道中手形を見せてもらいたい」

侍がなおもいってきた。重兵衛は懐から取りだし、手渡した。

侍が道中手形をひらき、目を落とす。

「武蔵荏原郡《えばらごおり》白金村在興津《おきつ》重兵衛どのか」

向かいの部屋の啓二郎がいきなり立ちあがり、重兵衛をのぞきこんできた。今はもうにやにやなどしていない。真顔だ。

「あんた、本当に興津重兵衛というのか」

侍がくるりと振り向く。

「うるさい。今は宿あらための最中である。控えよ」

啓二郎が侍をにらみつける。侍がひるみ、後ずさりかける。それで満足したように啓二郎が座りこんだ。

今のはなんなのか。明らかに自分の名を知っている様子だった。

啓二郎に初めて会ったとき、どことなく見覚えがあるような気がしたが、そのことと関係あるのか。

重兵衛は今一度、啓二郎と会ったことがあるか、過去を振り返ってみた。

ない。それしか考えられない。一度も会ったことなどないのだ。

そうではなく、啓二郎は昔会ったことのある者の縁者なのか。

だが、啓二郎に似ている者など、知り合いにはいない。

手形が戻された。侍たちが出てゆき、襖が閉められた。啓二郎のいる部屋が重兵衛の視野から押しだされた。

啓二郎の部屋の者に対するあらためがはじまったようだ。

どうして宿あらためが行われたのか。

この町でなにかあったからだろう。

殺しか。そうにちがいない。おそらく斬り殺されたのだ。

だから、刃引きの道中差の持ち主では殺れないと判断され、道中差も手形もすぐさま戻されたのだろう。

啓二郎が刀を替えたのが、気になる。啓二郎が犯人なのではないか。金を奪うために斬り殺したのではないのか。

死者は誰なのか。やくざ者なのではないのか。

だが、いまの重兵衛にわかることは一つもない。

証拠もないし、啓二郎のことを迂闊《うかつ》にいうわけにはいかなかった。

翌朝も激しい雨が旅籠の屋根を叩いていた。

重兵衛たちは、出立をまたも見合わせなければならなくなった。

第四章

一

体をよじった。

手を背中に伸ばす。

しかし、届かない。

もどかしい。

「どうされました」

おそのが目を丸くしてきいてきた。

「ああ、いや、背中がかゆいんだ」

この部屋だけでなく旅籠全体に掃除が行き届いているように見えるが、やはりなんらかの虫がいるのだろう。

しかも、今は梅雨どきだ。じめじめしているから、虫もわきやすいにちがいない。

「かいてさしあげます」

「まことか」

「はい、たやすいことですし」

重兵衛はほっとした。

「助かる」

座ったまま重兵衛はおそのに背中を見せた。

おそのが膝で進み、着物のなかに手を入れてきた。このあたりの仕草にも、だいぶ遠慮がなくなってきたのがよく出ている。

「このあたりですか」

「もう少し上だ」

「この辺ですか」

「もうちょっと右」

「ここですか」

「ああ、そこそこ」

おそのが、かりかりとかいてくれる。力加減が絶妙で、重兵衛は知らず、ほう、と息をついた。

「気持ちよいですか」

「最高だ」

おそのがくすりとする。

「自分でやらずに、最初からいってくだされればよいのに」

重兵衛は首をねじって、おそのに視線を当てた。

「おそのちゃん、しかしうまいな」

そうでしょう、とおそのが得意そうにいう。

「おとっつあんがかゆがりで、私、よくやっているんです」

「田左衛門さんもこんなにうまければ、大喜びだろう」

「おとっつあんは、おそのにはあまり取り柄はないが、これだけはすばらしい、なんていいます。まったく失礼しちゃいます」

相変わらずほほえましい父子だな、と重兵衛は思った。

「ありがとう、もういいよ」

「重兵衛さん、今度は遠慮せずにすぐに私にいってください」

「うん、そうする。背中かきの名人を利用しない手はないな」

そうですよ、とおそのが笑う。

「仲がよろしいですね」

衝立越しに声がする。相部屋の母子の母親のほうだ。名はおくま。娘のほうはおりくである。

「あ、はい」

おそのがおくまに答えた。重兵衛を見て、にこっとする。

「この部屋、かゆいですね。私も背中がかゆいんです。娘にかいてもらっているんですけど、うちの娘はあまりうまくありませんね。――あっ、また」

おくまが背中をかこうとしているようだ。おりくが、ここ、ときいている。もう少し上。ここ。もうちょっと右。このあたり。もっと下。

きいていて、こちらがじれったくなってしまう。

「あの、私がかいてさしあげましょうか」

おそのが申し出る。

「いえ、そんな。けっこうです」

「いえ、遠慮なさらずに」

しばし沈黙があった。母子は顔を見合わせているようだ。

「本当に遠慮はいりませんから」

「でしたら、お願いしようかしら」

おくまが控えめな口調でいった。

「そちらに行ってもよろしいですか」

「はい、おいでください」

おそのが重兵衛にうなずきかけてから、衝立の向こうに姿を消した。もっとも、頭だけは見えている。

「どのあたりですか」

「腰より上のまんなか辺なんですが」

「このあたりですか」

「もう少し右です」

「このあたりですか」

「あっ、はい、そこです」

背中をかく音が、雨の音にまじって重兵衛の耳に届く。おくまはため息を漏らしている。心から気持ちよさそうだ。

「ああ、おそのさん、すごく上手ね。こんなに上手だと、一緒に連れて帰りたくなってしまうわ」

「こつがあるんですか」

おりくがきいている。

「こつというのはあまりないんです。ただ、右とか左といわれて、あまり大きく動かさないのがいいみたいですよ」

「ああ、そうか。私は大きく動かしすぎていたかもしれない」

「おそのさん、ありがとう。もういいわ。長年の胸のつかえが取れたみたいに気持ちよかった」

「お役に立てて、私もうれしいです」

「おそのさんはいい娘さんねえ」

おくまがしみじみとした口調で、ほめたたえる。

「いえ、そんなことはありません」

「明るくて素直で気立てがよくて、重兵衛さんも幸せだわ」

それは真実だと思う。重兵衛は、自分は幸運だと感じている。

風邪をこじらせて行き倒れになり、そこを宗太夫《そうだゆう》という手習師匠に救われた。その村が白金村で、おそのという村名主の娘がいた。その娘と知り合いになり、一緒になることになった。

これが幸運以外のなんだというのか。

おそのが戻ってきた。

「いいことをしたね」

重兵衛は小さな声でほめた。

「はい。私でも役に立てることがあって、本当によかった」

唐突に、重兵衛はおそのの唇を吸いたくなった。だが、ここでそんな真似をするわけにはいかない。

重兵衛はそっと立ちあがり、障子窓をあけた。

相変わらず外はひどい降りだ。一時よりも弱まってはおり、向かいの旅籠ははっきりと見えている。それでも、土砂降りといってよい降り方で、雨は激しく家々の屋根を叩き、街道の土をうがっている。

街道には、川のように幾筋もの流れができている。道を行く者はほとんどいない。ここは正しくは甲府柳町という宿場だが、誰もが降りこめられてしまっているようだ。

「すごいですね」

おそのが重兵衛の横に立ってつぶやく。

「まったくだ。天の底が抜けたような雨というが、これだけ降り続くと、まさしくそうとしか思えなくなってくる」

「やむときがくるんでしょうか」

「やまぬ雨はなく、明けぬ夜はない、というな。きっといつかはやんでくれるんだろう」

「明日は晴れるでしょうか」

重兵衛は首を伸ばし、西の空を見た。

相変わらず黒色と灰色のまじった重い雲が低く垂れこめ、空を一杯に覆い尽くしている。そこから間断なく大粒の雨が降り注いでいる。視野に入る景色は、すべて白くくすんでいる。空に太陽を感じさせる明るさなど、微塵もなかった。

「明日も無理かもしれんな」

そうですか、とおそのが残念そうにいった。

「おい、いるか」

いきなり、背後の襖がからりとあいた。振り返ると、永岡啓二郎が立っていた。重兵衛をにらみつけている。

おそのの顔がかたくなる。

「俺は帰るぜ」

吐き捨てるようにいった。

「どこへ」

重兵衛は思わずきき返した。

「決まっている。江戸だ」

「帰れるのか」

「帰るさ。こんな雨ばかりのところ、気持ちがくさくさして、やっていられぬ」

甲府から東でも大雨に見舞われているのはまちがいなく、街道の通行もできないかもしれなかったが、重兵衛はそのことはいわなかった。啓二郎が自ら消えてくれるというのなら、これ以上のことはない。

「うれしそうだな」

重兵衛は笑うことで答えとした。

「俺は昔っから人に好かれんのだが、どうしてかな」

「あまりお気を使わないからではありませんか」

これはおくまがいった。諭すような口調である。

「気を使わない人は、やはりあまり好かれるとはいいがたいですねえ」

啓二郎がおくまを見おろす。

「こうしておまえさんたち越しに、立ったままあの男と話しているのも、気を使わぬうちに入るか」

「はい、そういうことになりましょうねえ」

「じゃあ、もう話はやめておくか。――興津重兵衛どの」

重兵衛は啓二郎を見つめ返した。

「また会うことになると思うが、そのときはよろしくな」

啓二郎がすっと腕を動かした。それだけで襖がさっと横に滑り、音を立てることなく静かに閉まった。

その後、昼餉の際、昨夜どうして宿あらためがあったのか、宿の女中が耳打ちするように教えてくれた。

「三人もの人が殺されたんだそうです」

「えっ、そんなに」

おくまがびっくりし、握り飯を手にしたまま咳きこむ。おっかさん、大丈夫、とあわてておりくが背中をさする。

重兵衛とおその、おくまにおりくの四人は衝立を取り払い、円座をつくっている。皆で仲よく握り飯を頬張っている。

「誰が殺されたんです」

母親が落ち着いたのを見て、おりくが女中にたずねる。

「甲府勤番ですよ」

「勤番士が殺されたのか」

これは重兵衛がきいた。

「はい、さようです」

女中はかわいそうという感じの口調で答えたが、表情はさほどではない。

甲府勤番は江戸で鼻つまみ者だったのがほとんどだ。行状は、この甲府でもさして変わらないにちがいない。

終生この町ですごさなければならない鬱屈から、あるいはもっとひどいことをしているかもしれない。この町の者たちにも、きらわれているのだろう。

「殺されたのは、昨日の昼間から夕方にかけてだそうです」

「日のあるうちにか」

もっとも、昨日も一日中、雨が降り続き、太陽の姿を拝むことはなかった。

「その三人はなにか関係があるのかい」

重兵衛は問いを重ねた。

「勤番士には四天王と呼ばれる人がいるんです。四人とも古株と呼ばれるような歳ではないんですけど、勤番士のなかではこの四人が一番の勢威を誇っているというのか、そんな感じだったんですよ」

殺されたのは、四天王のうちの三人だという。

「では、あと生き残ったのは一人ということですか」

「そうです。今頃、屋敷で縮みあがっているんじゃないかしら」

本音が出たように女中が意地の悪い笑いを見せる。

永岡啓二郎の顔が脳裏に映る。あの男が三人を殺したのか。

それとも、四天王のうち、生き残りが三人を殺したのか。

ふつうに考えれば、啓二郎が殺したと考えるのが妥当だろう。

これまで四天王は平穏に暮らしてきた。それが啓二郎があらわれたのにときを合わせて殺された。

それに、どうしても啓二郎が刀を替えていたことが気になる。あれは、宿あらためがあるかもしれないことを事前に承知していたからではないか。

前の業物はどうしたか。武具商などに売れるわけがない。足がつく。捨てたのか。そうかもしれない。温泉に行こうとした、といっていたが、その途中、いくらでも捨てる機会があったのではないか。

「犯人は」

おそのが女中にきいた。

「まだつかまっていないようです」

「四天王の最後の方も、狙われるのかしら」

おそのが気がかりそうにいった。

「そうかもしれませんよ」

女中がしたり顔で口にする。

「昨日はたまたま屋敷にいなかったようなんです。近くのお寺さんに行っていて、泊まったらしいんですよ」

「それで命拾いをしたというわけですか」

「どうやらそういうことのようですね。町の者たちは、もっぱら命冥加《いのちみょうが》な人だって噂していますす」

啓二郎は本当にこの町を出て、江戸へ向かったのか。あと一人、残してというのは、信じがたい。それとも、啓二郎は犯人ではないのか。

啓二郎がこの旅籠を出ていったのは、紛れもない。激しい降りのなか、蓑《みの》を着こんで出ていったのを重兵衛は確かに目にした。なんとなく予感がし、障子窓をあけて、街道を見おろしていたのである。

啓二郎は、雨と川のような流れをものともせず、甲州街道を東にずんずんと進んでいった。篠つく雨にかき消されて、あっという間に姿が見えなくなった。

啓二郎が犯人だとして、どうして三人の勤番士を殺したのか。

江戸でなにかあったのか。啓二郎も、どこか甲府勤番の者たちと相通ずる雰囲気をたたえていた。昔、仲間だったというようなことはないのか。

失礼いたしますといって、女中が部屋を出ていった。重兵衛たちは薄い味噌汁を飲み干した。

おりくがいれてくれた茶を喫して、しばしのんびりしていた。

「興津さま、いらっしゃいますか」

襖越しに声がかかった。先ほどの女中の声だ。重兵衛が、ここにいる、と答えると襖が横に滑った。

女中が妙な顔をして重兵衛を見ている。なんだ、と思って見返すと、女中が用件を告げた。

「お客さまにございます」

客だと。重兵衛は首をひねるしかない。この町に知り合いなどいない。おそのもびっくりして重兵衛を見つめる。

いや、考えられるのが一人いる。甲府勤番支配の有山九左衛門だ。

「どなたかな」

「君川晋之丞《きみかわしんのじょう》さまのお使いの方にございます」

きいたことのない名だ。

「どなたかな」

女中が敷居を越えて重兵衛に寄ってきた。

「ご存じではありませんか」

「ああ、知らぬ。初めてきく名だ」

女中が重兵衛にささやきかける。

「四天王の最後のお一人にございますよ」

「なんだって」

その男の使いがこの俺のもとに来たというのか。どうしてだろう。重兵衛にはさっぱりわけがわからなかった。

時世や重兵衛を襲ったのは、今では甲府勤番だと重兵衛は確信している。その親玉ともいうべき男がなんの用か。

だが、興味のほうがまさった。

「会おう」

もともとむげに追い返すつもりはない。とりあえず話をきいたほうがよいのではないか、という気がしている。

「こちらにお通ししますか」

「いや、どこか話ができるところがよいな」

「でしたら、中庭に小さな庵《いおり》がございます。二人でしたら、腰かけてゆっくりとお話ができると思います」

重兵衛は立ちあがった。

「では、行ってくる」

おそのにいって、部屋を出た。道中差を腰に差す。女中が傘を差して、中庭の庵に案内してくれた。

重兵衛のほうが先に着いた。頭上の屋根を今も激しく雨が打っている。大気はたっぷりと水気を含んで、重たい。

腰かけがあり、重兵衛は尻を預けた。女中が重兵衛のために、一本の傘を置いてゆく。

待つほどもなく若い男が姿を見せた。一礼して重兵衛の前に立つ。

殺気は感じられない。得物らしいものも所持していない。重兵衛は構える気持ちをわずかにゆるめた。

「座ればいい」

「いえ、ここでかまいません」

男が名乗った。君川晋之丞の下男で、富三《とみぞう》というとのことだ。

「それで用件は」

「殿が、是非とも屋敷においでくだされ、とのことです」

「しかし、俺は君川どのと面識はないが」

「それはよくわかっておりますが、殿は一度是非お目にかかりたいと申しています」

「わけは」

「それは、手前にもお教えくださいませんでした。なんとか屋敷においでくださるように頼んでまいれ、といわれまして」

「屋敷の場所は」

富三の顔が輝く。

「では、行ってくださるので」

「うむ」

「手前がご案内いたします」

「では、しばし待っていてくれ。連れにも一緒に行ってもらうので」

「ああ、さようですか」

おそのをこの旅籠に一人で置いて、外に出る気はない。どこであろうと、一緒に行くつもりでいる。


殺気は感じられない。

誰かが抜き身を手に、ひそんでいるようなことはないのだ。

重兵衛は笠を取り、蓑を脱いだ。これらは旅籠が貸してくれたものだ。

おそのも重兵衛と同じようにしている。蓑からは、びっくりするような大量の水がしたたった。

「どうぞ、こちらへ」

富三が案内する。

さほど広い屋敷ではない。

玄関から式台にあがり、廊下を進んだ。人けはあまり感じられないが、ほかに四、五人くらいはいそうだ。

物々しい雰囲気は伝わってくるが、それは重兵衛に対してではない。三人の仲間を殺されたことで、晋之丞の家臣たちが気をそばだたせているのだろう。

廊下の突き当たりで、富三が足をとめた。両膝をつき、襖に向かって声をだす。

「殿、お連れしました」

「まことか」

弾んだ声が返ってきた。襖がからりとあいた。

でっぷりとした男が敷居際に立っていた。目を引くのは、耳だ。大きさが人の倍くらいはある。これならよくきこえるのではあるまいか。目が小さく、鼻が潰れたようになっている。唇が薄く、情が薄そうだ。

なんとなく、心根のさもしさが出ている顔である。

細い目が重兵衛をとらえる。この男からも殺気らしいものは感じ取れない。仮に殺そうとしたところで、この男では重兵衛を殺すことはできない。

男が辞儀する。慣れていないのか、どこかぎこちない。

「君川晋之丞にござる。ようおいでくだされた。さあ、入ってくだされ」

重兵衛はおそのとともに敷居を越えようとした。

「そちらのおなごは」

「手前の最も大事な人です」

ていねいな言葉遣いをする必要などないと思ったが、富三のために重兵衛はあえて使った。

さようか、と晋之丞が首を縦に動かす。

「同席は遠慮してほしいといわれるのならば、手前は帰らせていただく」

「いえ、一緒でかまいませぬ」

晋之丞があわてていった。

「こちらにどうぞ、お座りくだされ」

座布団が用意されていた。だが、一つだ。それに気づいて富三が新たな座布団をだしてきた。

晋之丞の場所に座布団はない。

富三が一礼して、出てゆく。襖が閉まる。

重兵衛とおそのは肩を並べて正座した。重兵衛は腰の道中差を右側に置いた。

それを見て、晋之丞も腰をおろす。すぐさま身を乗りだしてきた。

「あいにくの雨のなか、ご足労いただき、ありがたく存ずる」

「いえ」

重兵衛は言葉短く答えた。

「さっそくでござるが、用件に入らせていただく」

重兵衛はきく姿勢を取った。おそのも耳を傾ける風情だ。

「腕を見こんで、それがしの警護をしていただきたい」

まさか、そんなことをいわれるとは夢にも思っていなかった。おそのも驚きを隠せずにいる。

「腕を見こんでといわれたが、手前とは初対面のはずでしょう」

重兵衛はできるだけ冷静にいった。

晋之丞が恥ずかしげに身を縮める。

「おぬしには申しわけないことをした。文を狙ったのは、それがしたちにござる」

「配下に命じてですか」

「さよう」

「手前は手加減をしなかった。骨を折った者も多いはずです。その者たちが手前をうらみに思っておりましょう。警護の件はお断りいたしたほうがよろしかろう」

「お待ちくだされ」

晋之丞が狼狽して、手のひらを突きだす。

「伏してお願いいたす。四天王といわれたうちの三人が殺されたのはご存じでござろう。次に狙われるのは、それがしであるのは明白」

「どうして狙われているのですか」

「それは……」

いいよどんだ。

重兵衛は黙って待った。

「今から話すことは、興津どの、他言無用に願いたい」

「むろん」

重兵衛はうなずいた。

「興津どのは、甲府勤番支配の有山九左衛門どのをご存じでござるな」

九左衛門の屋敷を訪ねて時世の文を届けたあと、重兵衛たちは甲府勤番と思われる者に前途を阻まれた。あれは、きっとつけられていたからだろう。

「存じています」

晋之丞が深く顎を引く。

「それがしども四天王と呼ばれる者たちと、有山どののとのあいだには、確執がござってな。平たくいえば、ひじょうに仲が悪い」

「どうしてですか」

「向こうは任期四年の腰かけ、しかも甲府勤番支配を足がかりに出世してゆく。対して、こちらは一生、この町ですごさなければならぬ。仲が悪くならないはずがない」

晋之丞が声をひそめる。

「実際、以前は支配どのが妙な死に方をしたことがあったそうにござる」

「妙な死に方というと、どんな」

「溺死《できし》したり、崖を落ちたり、灯籠《とうろう》に頭をぶつけたり、首をつったり、夜盗に襲われたりとか。このようなことにござる」

「それは勤番士が行ったのですか」

さあ、と晋之丞が首を振る。

「それがしども、支配どのになにかしたことはござらぬゆえ。遠い昔の話にござるよ。しかし、我らのみの潔白を今度の支配どのは信じていない。勤番士の悪行のすべては四天王にあるとかたく思いこんでおられる」

晋之丞が言葉を切った。

「それで」

重兵衛はうながした。おそのも早く先をききたいという顔をしている。

「支配どのは三千石の大身だけに、四十人からの家臣や中間、下男、腰元などをかかえているが、そのなかで荒事のできるような者は一人もおらぬ。それゆえ、殺しをもっぱらにする者に依頼したのではないか、と思える節がある」

重兵衛は驚いた。つまり永岡啓二郎という男は殺しを職にしている男なのか。迂闊なことに、そのことにはまったく思いが至らなかった。

「四天王を亡き者にするために、殺しをもっぱらにする者に依頼し、実際にその者が手をくだしたといわれるのか」

「さよう」

晋之丞が苦いものを飲みくだしたような顔をする。

「もっとも、それは表向きの理由にござろう。真相は別のところにある」

重兵衛は無言で晋之丞を見つめた。晋之丞が続ける。

「はなは、それがしどもと支配どのとは仲はひじょうによかった。なによりも以前、江戸で仲よくしたものにござるゆえな。悪さも一緒にしたものにござるよ」

「しかし、君川どのは甲府勤番としてこの地に赴任した。だが、有山どのは江戸に居残った」

「支配どのは大身ゆえ、山流しはまぬがれたということにござる。世の中、なんでも金を持つ者のほうが強うござる」

「有山どのとはどのような関係ですか」

重兵衛は疑問に思っていたことを問うた。大身の旗本と甲府勤番になる旗本とは、魚の住みかでいうところの棚がちがう。知り合う機会など滅多にないはずだ。

「道場仲間にござるよ」

どこか誇らしげに晋之丞がいった。

「我らが通っていた道場は、支配どののような大身の子弟が通うようなところではなかったのでござるが、いろいろとおもしろい者がそろっていましてな、興味を惹かれたようにござる。まあ、ずいぶんと若い頃のことにござるよ」

瞳になつかしげな色が浮かんだ。

「それなのに、仲たがいしたのですか」

「支配どのはもうじき任期を終えて江戸に戻る。次は書院番頭の地位が約束されているようにござる。そのために身辺の整理をどうやら目論んでいるようにござる」

重兵衛は顔をしかめた。おそのも眉をひそめている。

「大きな声ではいえぬが、それがしも、江戸ではつるんで悪さをしたものにござる。罪には問われなかったものの、決して口にできぬ悪行もしてござる。もし知れたら、切腹ではすまぬかもしれぬ。むろん、支配どのも一緒でござった。そのことを知っているのは、我らだけにござる」

「では、その悪行の口封じをしようと、殺しをもっぱらにする者に依頼したということですか」

さよう、と晋之丞がうなずく。

「はなは、その気はなかったようにござる。ただ、昨日殺された一人が、支配どのが書院番頭にのぼられたら、我らもおいしい目にあえましょうや、などといったのを、あるいは脅しと取ったのではないかと思える。あれは不用意な言にござった」

晋之丞が息を入れる。

「それから、支配どのの態度がおかしくなり申した。我らにずいぶんとよそよそしくなった」

重兵衛は、なるほど、と相づちを打った。横でおそのも首を動かしている。

「態度のおかしさに、我らは支配どのを見張るようになり申した。そしてある日、道代《みちよ》という腰元が旅支度をして屋敷を出るのを見申した。道代は腰元のなかで最も心利いたる者。

なにかあると踏んで、それがしどもはあとをつけさせたものの、道代にはあっさりと撒《ま》かれてしまい申した」

道代という腰元は時世でまずまちがいあるまい。

それにしても、時世を見失うなど、それはまた大きなしくじりだった。甲州街道という一本道で撒かれるなど、どうかしている。

江戸で道代がなにをするか、見届けることができていたら、三人の大物勤番士は殺されることはまずなかったのではあるまいか。

時世は相当の苦労をして、あの文を持ち帰ろうとしていたのだ。やはり、あの文にはなんらかの意味があったのだろう。

だから、文を読んで九左衛門は安堵の表情を一瞬、見せたにちがいない。

「いずれ帰ってくるにちがいない、とそれがしどもは甲州街道に網を張っており申した。そうしたら、道代が網にかかった。支配どのに届ける大事なものを持っているにちがいないとそれがしどもは断じ、配下たちに襲わせた。しかし……」

晋之丞が悔しそうに唇を噛んだ。

「手前という邪魔が入り、大事なものを奪えなかったということですね」

晋之丞が首を縦に振った。

「そういうことにござる。だからといって、そのことをうらみに思っているわけではござらぬ」

弁解するようにいった。

「しかし、あの文の中身はそれがしどもには意外以上のなにものでもござらなんだ。それがしはびっくりいたしてござる。しかし、こうして三人が殺された以上、なにかあの文に意味があったのは明らか。——興津どの」

がばっと土下座した。

「この通りにござる。警護役をお願いいたします」

重兵衛はおそのを見た。おそのは困ったという顔をしている。

重兵衛は静かに息をついた。

「お断りします」

晋之丞は、幼子が今にも泣きはじめるような顔つきになった。

「この通りにござる。金はいくらでもお払いいたす」

「いや、どんな大金を積まれても無駄です。手前たちにも大事な用事があります。君川どの、ここは自分の力でなんとかすべきでしょう」

重兵衛は冷たいか、と思いつつ口にした。

「道世どのはおぬしたちのために命を落とした。その責は自分で負うべきものでしょう」

「興津どのを見こんで、すべてを話したというのに、見放すといわれるか」

「すべてではないでしょう。若い頃、江戸でなにをしたか、それはまだお話しになっていない」

うっ、と晋之丞が詰まる。

「それに、話すように手前が頼んだわけでもない。では、これにて失礼します」

重兵衛は道中差を手に立ちあがった。おそのが続く。

「どうしても駄目といわれるか」

目にぎらりとした光が宿った。

「我らを殺すおつもりか」

重兵衛は声に凄みを利かせた。

「いや、そんな」

晋之丞が畳に目を落とした。

「行こう」

重兵衛はおそのをうながし、襖をあけて座敷の外に出た。雨のせいで、ひんやりとした廊下を歩く。

「断ってよかったのですか」

「ああ。あの男の命を守るために、我らが犠牲になることはない」

蓑と笠を受け取り、屋敷の外に出た。道を歩きだす。

おそのが笠を上げて、屋敷を振り返る。

「君川さま、大丈夫かしら」

「心配かい」

「ええ、少し。とても心細そうにしておられたから」

「引き受けたほうがよかったかな」

いいえ、とおそのがかぶりを振る。

「やはり身勝手だと思います。あの人は、自分のためなら人を犠牲にしてもかまわないと思っています。これまでさんざん人を踏みにじってきたのでしょう。その卑しさが顔にあらわれていました。重兵衛さんのいう通り、これまでのつけは自分で払うべきでしょう」

きっぱりといって、おそのが重兵衛を見あげてきた。

「冷たすぎますか」

そんなことはない、と重兵衛はいった。

「おそのちゃんはとてもあたたかだ。俺はよく知っている」

ありがとうございます、とおそのが頭を下げる。

「重兵衛さんにそういってもらえると、とてもうれしい」

激しい雨のなか、重兵衛とおそのは身をくっつけるようにして歩いた。やや涼しさを覚える風が吹きつけ、雨が顔を叩くなか、こうして互いの肌のあたたかみを感じながら歩くのは幸せだった。

いつまでもこの幸せが続いてくれることを、重兵衛は強く願った。

二

旅籠に戻った重兵衛とおそのは、すぐに湯に入った。その後に早めの夕餉を取ると、すぐに布団を敷いた。これでいつでも就寝できる。

疲れを覚えた。

重兵衛は布団の上にあぐらをかいた。天井を見あげる。

相変わらず雨は降り続けている。本当にこの雨はやむのだろうか。

強くなったり弱くなったりを繰り返しているが、決してやむことはない。雨雲は頭上に居座ったままだ。甲府の町の上を意地でも動くつもりはないように思える。

雨がないと、田植えもできないが、これだけ降ると、田は水浸しになってしまうだろう。百姓衆にとって、難儀以外のなにものでもない。同情を禁じ得ない。

夏とは思えないほど、すぐに夜が訪れた。甲府の町は灯りの数も減じている。降り続く雨のせいで、出歩く人が減り、料亭や料理屋、飲み屋などの暖簾を払う人も少なくなっているのだ。

かわいそうに、と思うが、重兵衛にはどうすることもできない。自分たちも急ぐ旅ではないとはいえ、前に進めずにいる。ときを丸々無駄にしているような気がしないわけではない。

重兵衛たちとおくま、おりくの四人は布団に横になった。行灯を消す。

重兵衛は、おそのの安らかな寝息を子守歌に、すぐに眠りに落ちた。

夢を見た。

君川晋之丞が斬り殺される夢だ。うらみのこもった目で重兵衛を見ていた。

うなされていたようだ。

「大丈夫ですか」

おそのに揺り起こされた。重兵衛は目覚めた。

「ああ、大丈夫だ」

まわりを見る。あまり寝たような気はしなかったが、どことなく明るさを感じる。まだ夜明けはきていないようだが、近いのはまちがいないようだ。東の空は白んでいるのだろう。

もう眠る気はない。重兵衛は起きあがった。障子窓をあけ、外を見た。変わらずに雨音はしているが、空は久しぶりに明るさを宿している。

「あがるかもしれんな」

「まことですか」

おそのがすばやく寄ってきた。

「ああ、空が明るい。お日さまがそこにいらっしゃるのが、わかります」

おそのが急いで身支度をととのえる。重兵衛はそのあいだ、そちらに目をやらないようにした。

すでに宿の者たちが忙しく立ち働いている気配が濃厚に届いている。茶碗などが触れ合う音に加え、味噌汁のにおいがほんのりと漂いはじめている。

空はだいぶ明るくなったといえども、降りの強さは変わらず、旅籠をあとにする旅人は一人もいない。

夜明けとともに朝餉になった。

朝餉を終えて茶を喫し、のんびりしていると、女中がまた部屋に来て、重兵衛に来客があることを告げた。

また富三か、と思ったが、ちがった。甲府勤番支配の家臣だった。

おとといの夜、宿あらためをした者ではなく、別の者だった。有山九左衛門ではなく、もう一人の甲府勤番支配である梅沢義之助《うめざわぎのすけ》の家臣だと重兵衛に告げた。

ずいぶんと厳しい顔をしている。

家臣には、配下らしい者が二人と中間が四人、ついてきていた。家臣は小林富士右衛門《こばやしふじえもん》と名乗った。

「ききたいことがあり申す。できれば、人にきかれたくない事柄にござる」

ならば、と重兵衛は富士右衛門をうながして中庭の庵に行った。腰かけに二人並んで尻を落とす。

「ききたいことがあります」

前置きなしに富士右衛門がいきなりいった。重兵衛は目を向けた。

「昨日、君川晋之丞どのをお訪ねになったそうだな」

「呼ばれたゆえ」

「面識が」

「いえ、初対面です」

「どういう用件でした」

「それがしの腕を見こみ、用心棒をお願いしたいとのことでした」

「興津どのは受けなかった」

「さよう」

重兵衛は富士兵衛門を見つめた。

「君川どのになにか」

「殺され申した。昨夜のことにござる」

さすがに重兵衛は目を見ひらいた。

「犯人は」

富士右衛門がかぶりを振る。確かにつかまえていたら、自分のところに話をききに来ないだろう。

「昨夜というと、いつのことですか」

「真夜中にござろう。君川どのは寝所で妻女とともに果てており申した。二人とも、胸を一突きにござる。おそらく、天井裏から忍びこまれたに相違ござらぬ」

これも永岡啓二郎の仕業だろうか。

「犯人の心当たりについて、君川どのは話していましたか」

「殺しをもっぱらにする者の仕業ではないかと」

「なんと。誰がその者に依頼したか、考えをいっていましたか」

いっていいものか、迷った。だが、真実は告げておいたほうがよい。

「甲府勤番支配の有山九左衛門どのが依頼したのではないか、と申していました」

「有山さまが」

富士右衛門は意外そうだ。

「しかし、興津どの、どうやらその筋はなさそうですな」

「なぜです」

「昨夜、有山さまも殺されたからです。こちらも寝所で一突きです。こちらは妾と一緒に殺されていました。君川どの、有山さま。この二人を殺害したのは、同じ犯人でまちがいないでしょう」

その意見に重兵衛は逆らうつもりはない。

「君川どのは、ほかになにかしゃべりましたか」

重兵衛は教えた。

「ああ、支配役と勤番士の確執にござるか。昔からでござるな。しかし、やはり同じ犯人に二人が殺されたということは、確執が理由ではないということにござろう」

確かに、と重兵衛は言葉短く答えた。

「興津どのは犯人に心当たりはござらぬか」

あまり当てにしていないというような口調だ。永岡啓二郎のことをいうべきか、重兵衛は再び迷った。

「あります」

富士右衛門の目に期待の色が宿る。

「永岡啓二郎という浪人がいます。その者が怪しいと思っています」

重兵衛は告げ口をするような気分だったが、さすがに七人が殺されたときいては、放っておけない。啓二郎の刀が替わっていたことも、富士右衛門に伝えた。

「刀が。それは確かに怪しい」

重兵衛は人相書づくりに力を貸した。富士右衛門は絵の達者で、これまでに何度も人相書を描いているという。

「ふむ、役者のようないい男にござるな。これならつかまえられるかもしれぬ」

富士右衛門は墨が乾くのを待ってから、懐に大事にしまった。

「これで終わりにござる」

富士右衛門が空を見あげる。

「ようやくあがりそうにござるな。長い雨にござった。まったく飽き飽きし申した」

笑って重兵衛を見た。

「それは、こんな小汚い旅籠に押しこめられた興津どのたちのほうが、ずっと強くお感じにござろう」

富士右衛門は立ち去った。重兵衛は部屋に戻った。

おや。

「連れはどうしましたか」

えっ、とおくまとおりくが重兵衛を見あげてきた。

「重兵衛さんが呼んでいると、宿の者がやってきて、下に降りてゆきましたけど」

えっ。今度は重兵衛が声を漏らす番だった。

連れ去られた。まちがいない。

誰の仕業か。

考えるまでもなかった。

酷薄そうな顔をした男の顔が脳裏に浮かぶ。人の気持ちを不安にさせる笑いを薄い頬に浮かべている。

やつがおそのをかどわかした。だがどうしてなのか。

いや、理由を考えている暇はない。

「いつのことです」

「ついさっきですよ」

「宿の者というと誰ですか」

「番頭さんです」

重兵衛は礼をいって部屋を出て、階下に降りた。番頭を捜し、事情をきいた。

「ああ、確かに一度、この宿にお泊まりになったご浪人にいわれて、おそのさんのところにまいりました。重兵衛さんが呼んでいるから自分のところに連れてきてほしいと言づてをされて」

「そのままおそのどのに伝えたのか」

「いけませんでしたか」

番頭がこわごわと重兵衛を見る。

「なにしろあのご浪人と、興津さまは親しげに話をされておられたので、なじみの間柄と思ったものですから」

番頭を責めても仕方ない。重兵衛はすぐさま問いを発した。

「あの浪人はおそのどのを連れて、どこへ行った」

「あ、はい。東のほうに行かれました」

重兵衛は、永岡啓二郎がおそのを連れてどこに行ったか考えをめぐらせた。これまでの男はいろいろとしゃべっていた。あの言葉のなかに示唆するものがあるのではないか。考えろ。思いだせ。

重兵衛は必死に頭をひねった。

そういえば、とようやく思いだした。思いだすのが遅すぎる。

あの男は、武田信玄に強い憬れがあるといっていた。

「東のほうに、信玄公ゆかりの地があるか」

重兵衛は番頭にたずねた。

「さて、どうでしょうか」

番頭が考えこむ。

「東というより北に近いのですが、躑躅《つつじ》ヶ崎館《さきやかた》の跡があります。それから円光寺《えんこうじ》、長禅寺《ちょうぜんじ》、大泉寺《だいせんじ》などがあります。どちらも信玄公が建てられたお寺で、甲府五山のうちの三つにございます。ほかにも、信玄公のお子である武田義信《よしのぶ》公が自害なされた東光寺《とうこうじ》などもございます」

道をきいて重兵衛は外に出た。雨はあがっていた。

今きいたいずれかに、おそのがいてくれることを重兵衛は心から期待した。

ひどいぬかるみのなか、重兵衛は走った。何度も足を取られそうになったが、なんとかこらえた。

着物は泥だらけになり、顔にもはねが飛んできて、真っ黒になった。知り合いとばったり会っても、すぐには重兵衛とわからないのではないか。

まず躑躅ヶ崎館跡に向かった。

すぐにわかった。

ここで武田信玄が暮らし、息をしていた。ふつうのときなら感慨深いだろうが、今はそんな思いに浸っていられない。

武田勝頼《かつより》の代に武田家が滅亡し、その後、川尻秀隆《かわじりひでたか》が甲府に入り、躑躅ヶ崎館で政《まつりごと》を行ったというが、本能寺の変で織田信長が明智光秀に討たれたあと、川尻秀隆も武田の遺臣に殺された。

その後、甲斐のあるじとなった徳川家康がこの地に天守を持つ城を造ったものの、天正十八年（一五九〇）に家康家臣の平岩親吉《ひらいわちかよし》の手で巨大な甲府城が築かれることで、廃城となった。

今は濃い緑を映じる深い堀に葉っぱが浮いたりしているだけの、かなり寂しい場所になっている。

ここにいるのか。

重兵衛は広い城跡を走りまわった。ここもひどいぬかるみで、疲れは倍になった。

しかし、おそのはいなかった。むろん啓二郎もだ。

無事でいてくれ。

躑躅ヶ崎館跡をあとにした重兵衛は円光寺に向かった。

武田神社からほぼ東に行ったところだ。距離は十町もなかった。山の中腹である。

重兵衛はさすがに息が切れている。

この寺には、信玄の正室である三条夫人《さんじょうふじん》の墓があるということだが、まいっている暇などあるはずがなかった。

なかなか広い境内で、静謐《せいひつ》だったが、ここにも二人の姿はなかった。

重兵衛はきびすを返し、山門をくぐり抜けた。

今度は長善寺だ。しかし、ここでも姿を見つけることはできなかった。

その次は大泉寺に駆けこんだ。ここにもいなかった。

東光寺に向かう。すでに息も絶え絶えになっている。もし東光寺にいなかったら、次はどこを探せばいいのだろう。

焦りの汗が次々に背中をつたってゆく。

武田家の菩提寺《ぼだいじ》といえば、恵林寺《えりんじ》だ。だが、恵林寺は甲府ではない。少し離れたところにある。距離としては、三里ほどか。すぐに行ける場所ではない。

しかし、東光寺にいなかったら、次は恵林寺しかあるまい。

重兵衛は道を辰巳《たつみ》の方角に取った。大泉寺から東光寺はその方向にある。くねくねとした山道をのぼり、そしてくだった。もう重兵衛はへとへとだった。足をあげるのもつらくなっている。こんなので、啓二郎と戦えるのか。戦えたとしても、長くはもつまい。

だが、戦う前におそのを見つけなければ、話にならない。

重兵衛は東光寺の山門をくぐった。境内に走りこむ。

広い境内だ。正面に巨大な本堂が建っている。一面に敷かれた白砂が、空は曇っているものの、目に痛いくらいまぶしい。

重兵衛は本堂の前に行った。しかし、境内には僧侶と参詣している者以外、人の姿はない。静かなものだ。

重兵衛は本堂の裏にまわりこんだ。

ここにもいない。

おや。

ほかの建物とはちがう様式を持つ、仏殿らしい建物に目がいった。

重兵衛はそちらに近づいた。

「よく来たな」

いきなり声が降ってきた。

見ると、仏殿の屋根の上に啓二郎が寝そべっていた。

「しかし遅かったな。待ちくたびれたぞ」

「おそのどのはどこだ」

重兵衛は声を放った。

「このなかよ。よく寝ているぞ」

啓二郎がいやしい顔で舌なめずりする。

「さっそくいただかせてもらったが、なかなかよい味のおなごよな」

重兵衛はにらみつけた。

「おお、怖い。案ずるな。なにもしておらぬ。俺はおなごに興味はないゆえ」

重兵衛は啓二郎を見直した。

「なに、驚くことはあるまい。つまり男のほうがよいということよ。おぬしなど、俺の好みだ。ずんと突いてやりたいくらいよ」

「どうしておそのどのをかどわかした」

「おぬしにここに来てもらうためだ」

「どうしてそんな真似をする」

「わからぬか」

「わからぬ」

啓二郎が微笑する。酷薄そのものの笑顔だ。

「確かに俺たちはこの前初めて会ったばかりだ。うらみもなにもないと思うのが、ふつうだな」

重兵衛は心中でうなずいた。

啓二郎がやおら起きあがった。ひらりと飛びおりる。音も立てずに地に立った。地面はひどくぬかるんでいるといっても、なかなかできる業ではない。

啓二郎が重兵衛の前に進んできた。ほんの一間もない。

にらみつけてくる。重兵衛はにらみ返した。

「気が強いな。それだけの裏づけも実際にあるものな。おぬしは強い」

啓二郎が腕組みをする。

「おぬしは仇よ」

「なに」

「誰の、とききたい面だな。俺の兄だ」

「兄。誰のことだ」

「俺が殺しをもっぱらにする者であるのはもうわかっているな」

「ああ」

「これでもわからぬか」

重兵衛は思案をめぐらせた。

「あっ」

知らず声が出ていた。

「わかったか。おぬし、白金村の宗太夫という手習師匠の後釜に座ったが、宗太夫たちを殺した者を、討っただろう」

確かにそうだ。あれも、殺しをもっぱらにする者だった。

「では、あれが」

「そうだ。あれが俺の兄よ。興津重兵衛という男が殺ったことは前から知っていた。だが、仇討など興味はなかった。しかし、甲州街道で知り合った男がそうだった。俺は兄の遺志を感じた」

「では、やる気なのか」

「仇討などくだらぬが、これでも先祖は大事にしている。兄も大事にしなければならぬ。というわけで、おぬしを討つ」

　啓二郎がまわりを見渡す。

「ここではなんだ、こっちへ来い」

　仏殿の背後に導こうとする。

「いやか。いやなら、おそのとかいう女を殺すのみだ。おそのを救いたければ、俺を討つことだ」

　重兵衛に否《いな》やはなかった。おそのを助けるためなら、なんでもする。

　仏殿の裏手も白い砂がまかれていた。

「この建物は京の室町に幕府があったとき、造られたものらしいぞ。もう四百年以上のときを刻んでいる。たいしたものだ。これも信玄公のご加護かな」

　啓二郎が重兵衛を見た。

「さて、やるか」

すらりと抜刀した。

「その前にきいておきたい」

重兵衛は啓二郎にいった。

「なにかな」

「どうして有山九左衛門どのまで殺した。有山どのは依頼者だったはずだ」

「依頼者ではない。有山どのが依頼したのは別の殺しをもっぱらにする者よ。それは江戸で始末した。いろいろと吐かせてな」

「江戸でだと」

「そうだ。空き家に引きずりこんで殺したが、もうとっくに町方は見つけただろう。俺は有山や四天王と呼ばれる者たちすべてを始末する仕事を請け負ったんだ」

「誰から」

「あいつら、若い頃、けっこうひどいことをしているんだ。押し込みもやったらしい。それが今頃になってようやく犯人がわかったんだ。遺族が俺に依頼してきた。遺族はうらみをずっと抱き続けてきた。このうらみを晴らすまで、決して犯人探しをあきらめなかった。いったいどれだけの金を使ったものか。とにかくその執念はついに実ったというわけだ」

そういうことか。重兵衛は納得した。

「その殺しをもっぱらにする者は、珍しいことに簪を得物にしていた。たんまりと金を持っていたが、俺は奪わなかった。やつの葬儀代だな」

「あの文にはどんな意味があるんだ」

「ああ、あれか。殺した男に吐かせたが、どうやら赤子が殺しをもっぱらにする者のことを意味し、取り替えた、というのが依頼に成功したという意味らしい。赤子から殺しをもっぱらにする者を想像する者はいなかろう。なかなかうまい手を考えたものだ」

だから、九左衛門は依頼がうまくいったと知って、ほっとした顔を見せたのだ。

「ほかに知りたいことはないか」

「ない」

重兵衛はきっぱりと告げた。

「では、やるか。おぬし、得物は道中差か。しかも刃引きだ。勝ち目はないな。もっとも俺は勝ち目のない戦いは挑まぬたちだ」

いきなり斬りかかってきた。

重兵衛は道中差を抜きざま、はねあげた。きん、という鉄の音が宙に吸いこまれる。

重兵衛はその斬撃《ざんげき》の重さに面食らった。

どうりゃ。また刀が振りおろされた。

重兵衛はまた打ち返した。体勢が崩れかける。

そこを啓二郎が狙う。重兵衛はかろうじてかわした。

啓二郎が胴に払ってきた。重兵衛は受けとめた。啓二郎がすぐさま刀を上段から打ちおろしてきた。

重兵衛はなんとかこれも受け流した。しかし啓二郎の体勢は崩れない。

ぎらりとした目で重兵衛に刃を見舞ってきた。

重兵衛はうしろに下がって避けたが、啓二郎につけこまれた。間合が一気に縮まる。まずい。重兵衛は覚悟しかけた。しかし、それでも生きようという思いがくじけることはなかった。道中差を振りあげた。む、啓二郎からそんな声が漏れた。気づくと、重兵衛はまばゆさに包みこまれていた。

どういうわけか、啓二郎の刀尖が鈍っている。がら空きの胴を目の当たりにした重兵衛は誘いではないか、という疑いを持ちつつも、思い切り道中差を振るった。

紛うことなく道中差は腹に吸いついた。鈍い手応えが伝わる。

ぐっ、と息の詰まった声をだし、啓二郎が白砂に両膝をついた。片手で両目を押さえている。

「くっ、くそ。どうしてこんなときに日が」

見ると、薄くなった雲の切れ間から日が射しこんでいる。

太陽が苦手というようなことをいっていたが、まさか本当のこととは思っていなかった。

このところ、ずっと日が射していなかったのも大きかったのだろう。啓二郎にとって、闇夜にいきなり龕灯《がんどう》を突きだされたようなものではないのか。

重兵衛は啓二郎の背中を打ち据えた。うぅ、という声とともに啓二郎が白砂に突っ伏し、気を失った。重兵衛は刀を蹴った。あっけなく啓二郎の手を離れてゆく。

重兵衛は、俺は生きている、と強く思った。

すぐに仏殿に入りこんだ。湿っぽいにおいが鼻をつく。

おそのは隅っこにいた。手足に縛めをされ、猿轡《さるぐつわ》をされていたが、無事だった。すでに目を覚ましている。

重兵衛を見て、体をよじった。重兵衛は縛めを取ろうとした。なかなか取れないのがじれったかった。

「重兵衛さん」

おそのが抱きついてきた。おびただしい涙を流しはじめた。

「よかった」

重兵衛も泣けてきた。うれしくてうれしくて、跳びはねたいくらいだ。

「本当によかった」

かけがえのない人を失わずにすんだ。これ以上の喜びはなかった。もう二度と放さぬ。

二人はいつまでも抱き合っていた。

その後、啓二郎を甲府勤番支配の梅沢義之助に引き渡した。

おそらく啓二郎はこのまま打ち首獄門になるはずとのことだ。

雨もあがり、天候は回復し、重兵衛たちは再び諏訪へ向けて旅立った。

いい天気だ。

この道中、まだ一波乱あるのか。いや、なにもあるまい。だからこそ、空も晴れあがっている。前途を祝してくれているのだ。お牧や輔之進、吉乃《よしの》にもうじき会える。心が浮き立つ。

「江戸も晴れているんでしょうか」

「きっとそうだよ」

「早く諏訪に着きたいですね」

「うん。まったくだ」

結果として、たっぷりと休息を取った重兵衛たちの足は軽い。

すぐにでも諏訪に着くのではないか、という心持ちになっている。風が心地よく、思い切り息を吸いたくなる。

なにより愛する者と一緒にいるというのは、足取りを鞠《まり》のように弾ませていた。


「くそう、犯人の野郎、どこに隠れやがった」

惣三郎はぶつくさいった。

「まったく影も形も見当たらねえ。重兵衛がいなくなってこっち、どうもつきがねえな。早く帰ってこねえかな」

「まだだいぶありますねえ。雨が続きましたから、足どめを食らっているかもしれないですし」

「まあ、そうだな。重兵衛が帰ってくるまでに犯人をつかまえられるようにしよう」

「それはまたずいぶんとのんびりですね」

「のんびりいくよりしようがねえや」

頭上では小鳥が舞っている。ぴーちくぱーちくいっていた。

「なんか、鳥にも馬鹿にされたような気分だぜ」

「馬鹿にしているんですよ、きっと」

ぽとんと糞が落ちてきて、善吉の顔についた。

惣三郎は腹を抱えて笑った。

「馬鹿にされているのはおめえだよ」

いった途端、頭に生あたたかなものを感じた。

「旦那もですよ」

善吉がおかしそうにしている。

「まあ、いいやな」

惣三郎は手ぬぐいでふき取った。

「これで俺たち、うんがついたってことよ。犯人の野郎、今頃、野垂れ死にしているんじゃねえのか」


本書は書き下ろしです。

中公文庫

手《て》習《ならい》重《じゅう》兵《べ》衛《え》

道《みち》連《づ》れの文《ふみ》

2010年 7 月25日　初版発行

著　者　鈴《すず》木《き》英《えい》治《じ》

発行者　浅海　保

発行所　中央公論新社

〒104-8320　東京都中央区京橋2-8-7
電話　販売 03-3563-1431　編集 03-3563-3692
URL http://www.chuko.co.jp/

印　刷　三晃印刷

製　本　小泉製本

Published by CHUOKORON-SHINSHA, INC.
Printed in Japan　ISBN978-4-12-205337-3 C1193

定価はカバーに表示してあります。
落丁本・乱丁本はお手数ですが小社販売部宛お送り下さい。
送料小社負担にてお取り替えいたします。

各書目の下段の数字はISBNコードです。978－4－12が省略してあります。

中公文庫既刊より

す-25-1
手習重兵衛　闇討ち斬
鈴木英治
手習師匠に命を救われた重兵衛。ある日、師匠が何者かによって殺害されてしまう。仇を討つべく立ち上がった彼だったが……。江戸剣豪ミステリー。
204284-1

す-25-2
手習重兵衛　梵鐘
鈴木英治
手習子のお美代が行方不明に。もしやかどわかされたのでは⁉　必死に捜索する重兵衛だったが……。書き下ろし剣豪ミステリー。シリーズ第二弾！
204311-4

す-25-3
手習重兵衛　暁闇
鈴木英治
兄の仇を討つべく江戸に現れた若き天才剣士・松山輔之進。狙うは、興津重兵衛ただ一人。迫り来る危機に重兵衛の運命はいかに⁉　シリーズ第三弾！
204336-7

す-25-4
手習重兵衛　刃《やいば》舞《まい》
鈴木英治
手習師匠の興津重兵衛は、弟を殺害した遠藤恒之助を討つため厳しい鍛錬を始めた。ようやく秘剣を得た重兵衛の前に遠藤が現れる。闘いの刻は遂に満ちた。
204418-0

す-25-5
手習重兵衛　道中霧
鈴木英治
自らの過去を清算すべく、郷里・諏訪へと発った興津重兵衛。その行く手には、弟の仇でもある遠藤恒之助と謎の忍び集団の罠が待ち構えていた。書き下ろし。
204497-5

す-25-6
手習重兵衛　天狗変
鈴木英治
家督放棄を決意して諏訪に戻った重兵衛だが、身辺には不穏な影がつきまとう。その背後には諏訪家取り潰しを画策する陰謀が渦巻いていた。〈解説〉森村誠一
204512-5

す-25-18
手習重兵衛　母恋い
鈴木英治
侍を捨てた興津重兵衛は、白金村で手習所を再開した。村名主の娘おそのを妻に迎えるはずだったのが、重兵衛を仇と思いこんだ女と同居する羽目に……。
205209-3